El pequeño estudio
de los recuerdos perdidos

SANAKA HIIRAGI

El pequeño estudio de los recuerdos perdidos

Traducción de
Víctor Illera Kanaya

Grijalbo

Papel certificado por el Forest Stewardship Council®

Penguin
Random House
Grupo Editorial

Título original: 人生写真館の奇跡 (JINSEI SHASHINKAN NO KISEKI)

Primera edición: febrero de 2024

© 2019, Sanaka Hiiragi (柊サナカ)
Originalmente publicado en japonés por Takarajimasha, Inc.
Edición en español publicada mediante acuerdo con Takarajimasha, Inc,
a través de Emily Books Agency LTD y Casanovas & Lynch Literary Agency S. L.
© 2024, Penguin Random House Grupo Editorial, S. A. U.
Travessera de Gràcia, 47-49. 08021 Barcelona
© 2024, Víctor Illera Kanaya, por la traducción
Ilustración interior diseñada por pikisuperstar / Freepik

Printed in Spain – Impreso en España

ISBN: 978-84-253-6607-9
Depósito legal: B-21362-2023

Compuesto en Fotoletra, S. A.

Impreso en Black Print CPI Ibérica
Sant Andreu de la Barca (Barcelona)

GR66079

Índice

1
La anciana y el autobús

Las agujas y el péndulo del viejo reloj de pared permanecían inmóviles. Hirasaka aguzó el oído, pero no se percibía nada en el interior del edificio que albergaba el estudio de fotografía. El silencio era tal que casi punzaba los tímpanos. Sus zapatos de cuero se hundían con suavidad en la vieja pero aún mullida moqueta roja.

Tocó con la punta de los dedos los pétalos amarillos de la flor de la pequeña genciana colocada en el florero que había encima de la mesa y corrigió ligeramente la inclinación de la planta.

Al fondo del vestíbulo había una puerta batiente con sus dos hojas abiertas de par en par que dejaba ver el interior del estudio. Se distinguía el típico fondo de papel bajo una luz tenue y, delante de él, una única y lujosa silla con un solo reposabrazos. También se veía una cámara de fuelle sobre un trípode. Ambos eran de madera y de apariencia robusta. Además, la cámara parecía bastante grande. Un adulto necesitaría cargarla con los dos brazos para transportarla. «¡Menuda cámara! Parece un cajón de madera», o algo parecido solía decir la gente que llegaba allí y se sorprendía al verla. Otros, más versados en estos aparatos, soltaban cosas como «Qué recuerdos me trae esta cámara. Es una Anthony, ¿verdad?», dando comienzo a una animada charla sobre aquellos artilugios.

De pronto, una sombra cruzó veloz por delante de la ventana e inmediatamente se oyó una voz. «¡Reparto, reparto! ¡Tengo algo para ti, Hirasaka!».

A continuación, sonaron unos golpecitos rítmicos en la puerta. Hirasaka la abrió, como era habitual, perplejo por el renovado entusiasmo que mostraba aquel hombre en el cumplimiento de su siempre idéntico cometido.

Al otro lado de la puerta había un joven ataviado con el uniforme de repartidor. Llevaba una gorra calada al revés, con la visera hacia atrás. Como siempre, había venido empujando su carrito. Hirasaka no pudo evitar una media sonrisa al ver el enorme bulto que traía encima.

El uniforme del repartidor tenía cosido en el pecho la insignia de un gato blanco y en la etiqueta identificativa figuraba el apellido YAMA. Tenía la piel bronceada y el pelo rapado le quedaba muy bien.

—Vaya suerte que has tenido esta vez, Hirasaka. Tu próximo cliente es una chica guapísima —dijo con una carpeta en la mano.

Hirasaka firmó la nota de entrega y repuso esbozando una sonrisa:

—No cuela.

—¿Me echarías una mano con este fardo? Pesa tanto que no puedo con él. Hacía tiempo que no recibía un paquete de este tamaño. Capaz que contenga más de cien años de fotos.

Levantaron la carga entre los dos y, lanzando un enérgico «¡ea!» al unísono, la depositaron encima del mostrador de recepción.

Hirasaka había dejado escapar un suspiro de resignación al sentir el peso de las fotos en sus brazos.

—¿Qué? ¿Te han vuelto a entrar ganas de dejar este trabajo de una vez por todas? —le preguntó Yama entre risas.

—Pues sí, la verdad, para qué te voy a mentir… Pero creo que aguantaré un poco más.

—Ese es mi Hirasaka. Ánimo, campeón —dijo ciñéndose la gorra correctamente—. Bueno, tengo que continuar con el reparto, que me esperan un montón de entregas. Esto es un no parar. Hay que tener cuidado con la salud, que el *karōshi* está a la orden del día.

—Bueno, hombre, tampoco te pases… No creo que estemos trabajando tantísimo.

Yama hizo un gesto fugaz de despedida con la mano, se colocó la carpeta bajo el brazo y se marchó empujando el carrito.

Hirasaka se puso a ordenar la habitación para recibir a la señora Hatsue Yagi, su próxima clienta, deseando que todo saliera bien, que la despedida fuera agradable y que las fotos quedasen bonitas.

Y añadió algo más: que algún día pudiera encontrarse con la persona que estaba buscando.

Era una delicada voz masculina.

—Señora Hatsue. Señora Hatsue Yagi.

Hatsue abrió los ojos sorprendida.

¿Dónde se encontraba? Parecía estar tumbada en un sofá. No reconocía el techo que veía. El hombre escrutaba su rostro con preocupación.

Últimamente las temperaturas se habían disparado. Quizá había sufrido un golpe de calor y se había mareado y desplomado perdiendo el conocimiento. Hizo un esfuerzo por recordar lo último que le había sucedido, pero una especie de niebla mental le impedía identificar lo ocurrido. «Me llamo Hatsue, tengo noventa y dos años, nací en el barrio especial de Toshima. Bien, todavía no tengo demencia…, o eso creo».

Comenzó a inquietarse. Se fijó en la cara del hombre que la miraba. Había pronunciado su nombre, así que debían de conocerse. Pero… ¿quién era? Bueno, también cabía la posibilidad de que fueran completos desconocidos y él hubiera visto su nombre escrito en alguna de sus pertenencias. Trató de levantarse al tiempo que se esforzaba en hacer memoria. Fue incorporando el torso muy poco a poco, con cuidado de no lastimarse la parte baja de la espalda. Si acaso se había desplomado, su cuerpo le respondía bastante bien. No parecía haberse hecho mucho daño.

«A ver, a ver…, ¿quién es este tipo?». Ella era de las que se acordaban de todo el mundo. Cuando, de pronto, alguien la saludaba por la calle, lo reconocía al instante. Le devolvía el saludo sin titubeos, diciéndole: «Tú eres fulanito, ¿a que sí?»; la gente solía agradecer el detalle. Pensó en lo fastidioso que era envejecer y en las molestias que debía de causar la «oxidación» del cerebro.

—Bienvenida. La estaba esperando —le dijo el hombre.

Este asintió cuando Hatsue se apuntó con un dedo a la altura de la nariz como diciendo: «¿Te refieres a mí?».

—Es usted la señora Hatsue, ¿no es así?

—Sí, soy yo, pero...

Hatsue levantó los ojos para mirarlo. El tipo llevaba una camisa gris de cuello alto. Su apariencia le evocó la imagen de un flemático pastor o sacerdote. Iba bien peinado. Daba la impresión de ser una persona correcta e incluso cariñosa, aunque no exenta de un aura de misterio. No llamaría la atención por guapo, pero tampoco era ningún adefesio. Quizá se pareciera a alguien. O tal vez no. Lo más destacable era que su rostro no causaba ninguna impresión concreta a primera vista.

—Me presento. Me llamo Hirasaka. Llevo muchos años trabajando en este estudio de fotografía —dijo.

De pronto, Hatsue se dio cuenta de que le faltaba el bastón. ¿Lo habría perdido al caerse?

Hirasaka, viendo que Hatsue paseaba la mirada por la habitación desorientada, creyó pertinente presentarle brevemente el lugar.

—Al fondo a la izquierda está el estudio de fotografía propiamente dicho. Pero también podemos tomar fotos en el patio interior. En el lado derecho están el recibidor y el taller. Ahora se lo enseño todo.

Hatsue era de las que cuando algo le intrigaba, preguntaba sin recato. Siempre había sido así.

¿Qué significaba que la estaba esperando?

¿Qué demonios quería de ella el dueño de un estudio de fotografía?

Para empezar, ¿cómo había llegado allí?

No recordaba nada.

«Adelante, pase por aquí», le dijo Hirasaka, y aunque a Hatsue las preguntas se le agolpaban en la cabeza, decidió obedecerlo sin rechistar. Se levantó temiendo caerse sin la ayuda del bastón. Hacía mucho que no caminaba sin un apoyo. Posó una mano en el sofá, cargó el peso del cuerpo en el brazo y dio un primer paso. Lo cierto era que se sentía sorprendentemente bien. Ni siquiera le dolía la espalda. Soltó la mano del sofá y siguió muy despacio a Hirasaka, que le ofreció la mano al verla con aquel andar dubitativo.

Entraron en el recibidor. El espacio rezumaba calma. El sofá de cuero parecía viejo, pero estaba lustroso y la añeja mesa baja de madera tenía mucho encanto. No parecían muebles antiguos y caros adquiridos a cualquier precio por pura nostalgia de lo retro, sino los enseres de una persona detallista y cuidadosa que los había tratado siempre con mimo y que, con los años, habían adquirido la prestancia de la que ahora gozaban. «Tiene un gusto muy refinado a pesar de su juventud», pensó Hatsue.

Una lucecita titilaba en el jardín al otro lado de la ventana. Al fijarse con más atención en ella, Hatsue se dio cuenta de que procedía de la parte alta de un farol de piedra musgosa. Distinguió un cerezo japonés llorón, capas de la reina y otras plantas bellamente dispuestas. Pensó que era un fondo perfecto para fotografiarse con quimono.

En un rincón del recibidor había una estantería decorativa con un hervidor eléctrico, una cafetera de sifón de cristal, tazas de café y otros cacharros. Le maravilló que nada tuviera una mota de polvo. Quizá a aquel hombre le gustaba limpiar. Sintió curiosidad por el contenido de la gran caja colocada encima de la mesa.

Después de decir: «Le traigo un té ahora mismo», Hirasaka se dio la vuelta y comenzó a manipular teteras y otros utensilios con mano diestra. Hatsue le habló a su espalda:

—Disculpa —Hirasaka se volvió al oír su voz—; quizá es una tontería lo que te voy a preguntar, pero...

—Dígame —dijo Hirasaka invitándola a continuar.

—Yo... ¿acaso he muerto?

Los ojos de Hirasaka se abrieron ligeramente.

—Oh, sí. Hace solo un ratito. Tendría que haber empezado por ahí. Le pido disculpas. Pero, aunque no suele ser lo habitual, algunas personas se dan cuenta sin que se lo tenga que explicar.

La naturalidad con la que había dicho aquello le causó a Hatsue una sensación extraña, entre tranquilizadora y desconcertante, al tiempo que se sintió halagada por su propia perspicacia.

El té que le sirvió Hirasaka estaba en su punto, ni demasiado aguado ni excesivamente amargo.

Creía que estar muerta implicaba, entre otras cosas, ir ataviada de una determinada manera o presentar rasgos físicos que evidenciasen su condición; por ejemplo, llevando en la cabeza una tela blanca triangular, como solían dibujarse los fantasmas, tener un cuerpo traslúcido o sin pies. Pero no solo nada de eso había sucedido, sino que el tacto de la taza en sus manos, así como el sabor del té, eran los mismos que cuando estaba viva.

Hirasaka se sentó frente a ella y la observó fijamente.

Hatsue se quedó pensativa: «Y yo que creía que cuando muriese vendría alguno de mis padres o mi marido a buscarme del más allá...».

Pero no. A quien tenía delante era a aquel desconocido, el tal Hirasaka. Se sintió algo decepcionada y por su gesto compungido debió de parecérselo también a este, que le dijo para consolarla: «Tranquila. Aún está de camino. Digamos que se encuentra todavía en un punto intermedio del viaje».

Hatsue se volvió a quedar absorta unos instantes y al fin le preguntó:

—¿No te llamarás Hirasaka por la cuesta Yomotsu Hirasaka, esa de la que se habla en el *Kojiki* y por la que se dice que Izanagi vino corriendo de vuelta?

La pregunta pareció coger desprevenido a Hirasaka. La colina Yomotsu Hirasaka era, en efecto, y según el relato mitológico del *Kojiki*, la que unía el mundo de los vivos con el de los muertos.

—Muy poca gente sabe eso.

A Hatsue siempre le había gustado leer, una consecuencia natural de su curiosidad innata, y sabía muchas cosas de asuntos muy diversos. Su cerebro parecía seguir funcionando correctamente y la complació la admiración que había despertado en Hirasaka.

—Efectivamente —continuó Hirasaka—. Me ha ahorrado usted la explicación. Este lugar está justo en la frontera entre el mundo de los vivos y el de los muertos.

—Y tú has venido a recibirme.

—Así es. Aunque, insisto, estamos a medio camino del destino.

—O sea, que este no es el otro mundo.

—No exactamente.

—Entonces ¿eres una especie de deidad, tipo Iama, o algo por el estilo? ¿O eres el mismísimo Buda? Aunque para serlo...

«... te falta empaque», estuvo a punto de decir impertinente, dejándose llevar por la bonhomía que traslucían la cálida sonrisa y el tranquilo ademán de su interlocutor.

Viéndolo tomar té, nadie dudaría de que era un hombre corriente y moliente.

—Yo soy un simple guía. Si a las personas que llegan aquí les dijera, de buenas a primeras, «Usted ha muerto», muchas se pondrían a llorar del *shock*, se deprimirían o quizá incluso montarían en cólera. Por eso, procuro hacérselo saber poco a poco, para evitar que sufran cualquier impacto emocional. Esa es la razón de que el estudio de fotografía parezca uno cualquiera del mundo real.

Hatsue volvió a curiosear alrededor. «Pues sí, tiene razón», pensó. Era un simple y tranquilo estudio de fotografía, homologable a cualquier otro del mundo real. Y no resultaba menos cierto que si lo primero que hubieran de hacer los recién muertos fuera enfrentarse al lama, los subyugaría tal terror que, como mínimo, se quedarían sin palabras.

—¿Se ha fijado en que usted también sigue con la misma ropa? De hecho, debería ser con la que mejor se identifica y más cómoda se siente.

—Me encanta que se me haya curado la rodilla —dijo Hatsue, balanceando la pierna derecha de un lado a otro.

Hirasaka asintió empático.

—Si se pusiera a correr aquí, sudaría y la respiración se le entrecortaría porque sigue conservando las respuestas fisiológicas normales del cuerpo.

Hatsue abrió y cerró los puños varias veces. Todo su organismo parecía seguir funcionando igual que cuando estaba viva. De hecho, lo que resultaba increíble era que estuviera muerta.

—Y ahora tendré que ir a algún sitio, imagino. Quiero decir, al otro mundo.

Si aquel viaje iba a continuar, al menos quería saber cuál sería el itinerario y el destino final. Ahora mismo estaba completamente perdida y eso la preocupaba.

—Exacto. Pero hay algo que me gustaría que hiciera antes de marcharse.

«¿Qué querrá?». Hirasaka se había puesto a buscar algo dentro de la enorme caja colocada en la mesa. Finalmente, sacó una pila de lo que parecía un atado de documentos. Cada pila estaba recogida con un papel blanco. Después de depositar la primera sobre la mesa, siguió sacando una detrás de otra. Eran gruesas, y la mano de Hirasaka apenas daba para asirlas.

—¿Qué es todo eso? —inquirió Hatsue cogiendo una—. ¿No tendrás unas gafas? Es que no veo nada sin ellas.

—Debería poder ver todo sin gafas —dijo Hirasaka—. Concéntrese en mirar.

Obedeció y posó la vista en lo que tenía en la mano. Sus ojos enfocaron lo que sujetaba con una facilidad pasmosa y lo pudo distinguir perfectamente. ¡Cuánto hacía que no veía sin gafas con tanto detalle!

Al reconocer lo que era aquello, a Hatsue se le escapó un grito:

—¡Oh...!

Eran fotografías. Un montón de ellas. ¿Quién las habría tomado? Vio una imagen de la plazoleta que había cerca de la casa en la que vivió de niña, otra de sus padres aún jóvenes y muchas más. Eran fotos algo más grandes que las estándares y con aquel tamaño las imágenes ganaban fuerza.

—Son fotografías de distintos momentos de su vida. Una foto por día. Por eso hay tantas: trescientas sesenta y cinco imágenes por año para cada uno de los noventa y dos que ha vivido. Eche cuentas…

Hatsue fue examinando las fotos una a una. Cada imagen le traía a la mente escenas olvidadas. El ojiblanco japonés que se posaba en el caqui plantado junto al portal de su casa natal; el compartimento de la vieja caja de reparto y recogida de la leche en la que solía colocar la botella; o las sombras a rayas que se proyectaban en el suelo cuando la luz iluminaba la puerta enrejada de la entrada.

—Tenemos mucho tiempo, así que revíselas tranquilamente. Luego deberá seleccionar las noventa y dos imágenes que más le hayan gustado: una por cada año de su vida.

—¿Seleccionar? —dijo Hatsue extrañada.

Hirasaka abrió la puerta que tenía a mano derecha. A través del marco, Hatsue pudo ver sobre unos cimientos sólidamente construidos una mesa de trabajo y una estructura de madera y, en medio de todo ello, una especie de plato sobre cuatro columnas. ¿Qué era todo aquello? Vio también unas varillas de bambú y algo que semejaba un molino de viento. Todo estaba construido con madera blanca sin pintar y, fuera lo que fuese aquello, daba la impresión de que aún no estaba terminado.

—Usted deberá elegir las imágenes que colocaré en esta linterna giratoria.

Hatsue se quedó de piedra.

—¡¿No serán esas las imágenes de las distintas escenas de la vida que dicen que pasan ante nuestros ojos justo antes de morir?!

—Exactamente.

—¿Las elegimos nosotros?

Hirasaka levantó una parte de la estructura de madera.

—Sí. Ustedes mismos escogen sus escenas preferidas.

—No me lo puedo creer... —dijo aún conmocionada.

—Una linterna giratoria con noventa y dos imágenes será digna de ver. ¡Qué ganas tengo!

Había oído que las personas veían sucederse las escenas de su vida justo antes de morir. Pero jamás imaginó que le tocaría elegirlas de forma consciente y voluntaria.

—He oído más de una vez que quienes estuvieron a punto de morir vieron su vida sucederse en imágenes.

—Sí. Aunque son raros los casos en que una persona que ha llegado aquí vuelva a la vida, lo cierto es que ha ocurrido más de una vez. De todos modos, entiendo que cuando estas personas regresan al mundo de los vivos, se olvidan de que estuvieron aquí seleccionando fotos. Pero a mí me da que el recuerdo de haber contemplado su linterna giratoria se les queda grabado en alguna parte de su mente. Venga conmigo.

Hirasaka salió del recibidor y abrió la puerta de enfrente.

Las paredes, el suelo y el techo de aquella estancia cuadrada, así como todas las cosas que había en ella, eran blancos. El diván colocado en el centro parecía una obra de arte. Había una puerta en la pared derecha que quizá fuera la salida al exterior.

—En esta pequeña habitación accionaré la linterna cuando esté hecha. En principio, solo usted verá el resultado. Pero, si me lo permite, me gustaría poder hacerlo con usted.

«Una linterna giratoria... La luz que se enciende en su interior proyecta en las paredes las imágenes de los paneles que la rodean y giran en derredor». Recordó una que había visto de pequeña, hecha de papel japonés con motivos florales, su lento girar, sus imágenes luminosas, rojas y amarillas.

—Entiendo. Vamos, que no hay que cruzar ningún río para llegar al otro mundo como nos habían contado.

—Podríamos considerarlo una especie de ritual en el que se rememora la vida por última vez.

Hatsue no quiso desaprovechar la ocasión para preguntarle algo que la tenía preocupada desde hacía un rato:

—Me has dicho que todavía estoy de camino al destino final, ¿correcto? Me gustaría saber qué pasará después de esto. ¿Qué me espera?

Hirasaka bajó la mirada a las manos, la volvió a levantar para mirar a Hatsue a los ojos y respondió con evidente incomodidad:

—Siento mucho tener que decirle que desconozco por completo lo que le sucederá después de salir de aquí. Solo sé de oídas lo que pasará, pero ignoro si es verdad. Por supuesto, yo nunca he estado en el otro mundo y nadie que haya ido ha vuelto aquí jamás.

La respuesta no la tranquilizó en absoluto. Más bien espoleó su ansiedad por la incertidumbre. Aunque quizá simplemente se disolvería en la nada y adiós muy buenas.

Hirasaka añadió:

—No obstante, tengo entendido que el alma que alcanza el nirvana se reencarna y renace.

Al regresar al recibidor, Hirasaka rellenó las tazas de té. Dio un sorbo y ella hizo lo mismo.

«Si todo va a desaparecer sin dejar rastro junto con mis recuerdos, incluida esta sensación del líquido caliente en la punta de la lengua… Tal vez, morir definitivamente consista en ese borrado y desaparición de la conciencia».

Hirasaka debió de ver la angustia reflejada en su rostro y le dijo tratando de animarla:

—Dudo que su existencia quede reducida a la nada por irse al otro mundo. Estoy seguro de que en lo más profundo del alma humana descansan los recuerdos de generaciones. A ver, por ejemplo… —musitó Hirasaka antes de quedarse reflexionando en silencio unos instantes—. ¿Nunca ha tenido la sensación de conocer a algún desconocido, o ha sentido despertársele un sentimiento de nostalgia al llegar a un lugar en el que no había estado?

—Oh, sí, claro que sí —respondió Hatsue inmediatamente—. De hecho, este sitio me suena.

Hirasaka se rio y dijo:

—¿Lo ve? A lo mejor, esos son recuerdos que guarda su alma. Los lamentos y arrepentimientos, así como los apegos intensos y las obsesiones, coartan la libertad de las almas para viajar al otro mundo. Cuando eso ocurre, no les queda más remedio que permanecer en el mismo lugar.

Hatsue asintió.

—A ver si lo he entendido: lo que tengo que hacer ahora es elegir noventa y dos fotos, una por cada año que tengo, y montar la linterna giratoria contigo. Después, cuando esté hecha y la pongas en funcionamiento, alcanzaré por fin el nirvana y… adiós, ¿no?

Vamos, que aún tenía tarea por delante. ¡Acabáramos! Morir todavía requería un último esfuerzo.

—Tenga en cuenta que al llegar aquí todos se igualan: eminencias, ricos, pobres…, da lo mismo. Llegan nada más que con lo puesto y con sus recuerdos.

Hatsue se quedó mirando el gigantesco montón de fotografías que tenía delante. ¿Cuánto tardaría en examinarlas todas?

—Que una tenga que hacer a mano una linterna giratoria después de muerta, ahora que la vida es inconcebible sin ordenadores, móviles y todo tipo de artilugios digitales, me resulta…, como mínimo, desconcertante.

A Hatsue le parecía un tanto extraño que lo que tuviera que elegir después de muerta fueran fotografías y no algún objeto o vídeo.

Hirasaka cogió una foto del montón.

—Vamos a probar con esta imagen. ¿Recuerda dónde se está desarrollando la escena?

Hirasaka se la entregó a Hatsue.

—Oh, pues…

Sí, recordaba aquella estampa.

Los arrozales se extendían sin solución de continuidad a ambos lados de un camino descendente. Un soplo de viento rizó la superficie verde como el mar.

Bajó corriendo la pendiente y una gota de sudor le resbaló por la sien. El olor del viento seco, el sabor salado de sus labios. Una garceta asustada levantó el vuelo. El ave se hizo cada vez más pequeña en el fondo azul del cielo hasta quedar reducida a un minúsculo punto blanco. Se quedó observándolo hasta que se fundió en la lejanía. El viento comenzó de repente a silbar con fuerza y onduló los bajos del quimono.

Siguió recordando. Aún era una niña aquel verano que le pareció interminable. Se sentía pletórica de fuerzas. Su cuerpo rebosaba vitalidad. Creía poder seguir corriendo hasta el fin del mundo.

—¿Se acuerda?

—Sí, sí, ahora que lo estoy viendo, sí... Es el camino entre arrozales que seguía para ir al pueblo de al lado. Disfrutaba tanto de este paseo...

Los recuerdos y sentimientos habían aflorado como por arte de magia en la mente de Hatsue en cuanto había sostenido la foto en la mano.

—¿Recordaba la escena antes de ver la foto?

—¡Qué va! Es un paisaje que tenía olvidado. Ni siquiera conservaba un vago recuerdo de él. Ahora, lamentablemente, este camino está asfaltado y los arrozales son áreas residenciales.

Hirasaka cogió la foto para examinarla en detalle.

—Es una vista preciosa.

—Una lástima que ya apenas queden paisajes como este.

Hirasaka se la devolvió con delicadeza.

—Viendo esta imagen, empiezo a recordar muchas cosas de entonces.

Hatsue volvió a sumergirse en la fotografía. No era una instantánea muy nítida y de cerca se veía bastante pixelada. Técnicamente, una fotografía era una imagen creada por una disposición concreta de simples colores; aun así, tuvo la sensación de que en aquella superficie cuadrada estaban condensados y contenidos los sonidos, el viento, los sentimientos e incluso el ambiente de aquella época. ¿Cómo podía ser?

—La fotografía tiene una fuerza que trasciende la imagen —dijo Hirasaka con parsimonia.

Hatsue seguía quieta e inmersa en la estampa. Era una fotografía tomada, con toda probabilidad, sin pretensiones artísticas, con la única intención de inmortalizar un paisaje rural. Pero cuando este desaparecía en el mundo real, solo quedaba en la fotografía. De pronto, a Hatsue le pareció que aquella foto en apariencia anodina tenía un gran valor.

Siguiendo la sugerencia de Hirasaka, se sentó y comenzó a seleccionar las fotos. Las examinaba una a una y las iba clasificando. Pero no podía evitar quedarse ensimismada en cada imagen y avanzaba a paso de tortuga.

A medida que admiraba las fotos se daba cuenta de la cantidad de experiencias olvidadas. Aunque decir esto parecía una perogrullada, no era consciente de los recuerdos perdidos. Resultaba curioso, porque hasta que veía las imágenes no recodaba aquellas estampas, y ni siquiera guardaba una mínima impresión de ellas; pero, al hacerlo, reconocía todo casi al instante y, acto seguido, su mente se poblaba de recuerdos relacionados.

Hirasaka tuvo la deferencia de alejarse a una distancia prudencial para no distraerla; no obstante, permaneció lo suficientemente cerca —entendió Hatsue— para resolverle de inmediato cualquier duda que le pudiera surgir. Dejó abierta la puerta de la habitación y continuó construyendo la linterna giratoria en el taller contiguo. Parecía siempre atento a cualquier gesto suyo. De seguro, por la cantidad de fotografías que iba a proyectar la linterna, su estructura sería bastante intrincada y, además, de un tamaño considerable. Quizá un adulto solo no fuera capaz de llevarla en brazos. Eran nada menos que noventa y dos fotos; solo por eso no podían dejar de causar cierta impresión.

Elegir las fotografías era un trabajo más exigente de lo que había imaginado en un principio. Hatsue se desesperó al pensar en todas las que le quedaban por examinar.

Justo cuando terminó de revisar las imágenes de sus siete primeros años, Hirasaka le dijo mirando las que ella había apartado:

—¿Son estas las que ha elegido?

—De momento, estoy haciendo una criba inicial; después, elegiré las noventa y dos definitivas. Pero es que hay tantas... Es un poco desesperante lo lento que voy.

—Si necesita descansar, adelante. Aunque dudo que su cuerpo se agote, entiendo que mentalmente es un trabajo que puede resultar pesado.

Hirasaka le preguntó si podía ver las fotos apartadas y Hatsue accedió. Se sintió un poquito avergonzada por lo que consideró una revelación de su intimidad a un completo desconocido.

—Esta foto es de sus padres, ¿verdad?

En la imagen en cuestión aparecía el padre de Hatsue vestido con un chaleco y, al lado, su madre, con un quimono y un *kappōgi,* un delantal con mangas. Quizá amenazaba lluvia, porque llevaba un paraguas en la mano izquierda y una cestita para la compra en la derecha. A la sazón, la gente compraba con una cesta de bambú como aquella.

—¿Y estos son sus amigos del vecindario?

Su vecina Mii-chan mostraba feliz y orgullosa una sonrisa desdentada de un diente de leche. Las tres cabezas que aparecían juntas detrás de ella eran las de los tres hermanos Tagawa. Los dobladillos de los pantalones cortos que llevaban estaban desgastados, raídos y con remiendos por todos lados. Antiguamente, vestir la ropa de tercera o cuarta mano era lo normal. Toda prenda —y en general cualquier cosa— se remendaba para aprovecharla hasta que resultaba imposible de reutilizar.

—No te lo vas a creer, pero de pequeña nadie me ganaba corriendo, nadando o peleando. Iba a buscar gresca con los cabecillas de otras pandillas de niños para someterlos. «¡Te vas a quedar sin novio!», me decían. Entonces no tenía la sensación de ir por la calle tan sucia ni me recuerdo tan desharrapada; pero ahora que me veo en estas fotos... ¡menudas pintas llevaba!

Hirasaka se rio.

Hatsue contempló las fotografías esparcidas por toda la mesa.

—¡Pero mira que se olvida una de las cosas...! Crees recordar más o menos todo, pero está claro que no es así ni muchísimo menos. Fíjate que me sorprendieron hasta las facciones de mis padres, no te digo más.

Sus cuentos preferidos, el bote de hojalata al que tanto cariño le tenía... No recordaba todo aquello que en su día había sido tan importante para ella. Y si no lo recordaba, era como si no hubiese existido.

—Efectivamente. La vida es también un viaje durante el que nos vamos desprendiendo de recuerdos.

Al rato, Hirasaka le trajo una taza de té en una bandeja. De esta se levantaba una fina columna de vapor. A su lado había un pequeño plato con unas rodajas de dulce japonés *yōkan*, una de las golosinas preferidas de Hatsue.

Aunque la elección de las fotos le había parecido inicialmente una tarea poco grata y sin mucho sentido, una vez manos a la obra y recuperados muchos recuerdos olvidados, empezó a pensar que la creación de una linterna giratoria con ellas tenía cierta gracia como último cometido de su vida.

Tomó un sorbo de té verde recién hecho y probó el dulce.

—Muchas gracias. Me pirra el *yōkan*.

—Me alegro de haber acertado —dijo Hirasaka asintiendo con gesto de satisfacción.

—¿No me estás dedicando demasiado tiempo solo a mí? —preguntó Hatsue.

—No se preocupe por el tiempo ni mucho menos por mí. Disfruto viéndolos a ustedes rememorar sus vidas.

Hirasaka dio un sorbo de té.

Escrutando su perfil, Hatsue se animó a hacerle preguntas personales a Hirasaka.

—Tú... te dedicas a esto, pero eres un ser humano, ¿no? Espero que no te parezca una impertinencia. Es simple curiosidad.

Hirasaka levantó la taza de té rodeándola con las dos manos y sonrió tímidamente.

—Desde luego, no soy ningún dios ni nada por el estilo. Llevo mucho tiempo dedicándome a esto, pero también fui un ser humano que vivió en el mundo real, al igual que usted.

«Vaya, vaya... —pensó Hatsue—. ¿Cómo habrá sido su vida? ¿A qué se dedicaría?». Por su carácter flemático y lo discreto que parecía en la expresión de sus sentimientos, no encajaba en el perfil de un oficinista común y corriente. Le pegaba más un trabajo en un museo o en una galería de arte.

—A ver si acierto, trabajabas en una pinacoteca, en una galería de arte o en algún otro tipo de museo. Bueno... o en un estudio de fotografía, que también podría ser.

—No, el caso es que...

—Entonces ¿fuiste un simple oficinista? ¿Dónde vivías? Por tu acento, supongo que en Tokio, ¿o no? Desde luego, en el área de Kanto, eso seguro.

—Bueno, a ver… —musitó indeciso Hirasaka, mientras su gesto, a pesar de que seguía conservando la sonrisa, se nublaba y transformaba en una expresión de apuro.

Parecía como si aquel fuera un tema tabú para él. Se reprochó su impertinencia, que se había ido acentuando claramente con los años. No estaba bien ser tan indiscreta con las preguntas.

—Oh, por cierto, este fajo que he apartado aquí… —comenzó diciendo Hatsue para romper el incómodo silencio que se había instalado entre ellos y cambiar de tema.

Pero cuando estiró el brazo para señalarlo, sin querer tiró algunas pilas que estaban colocadas cerca del borde de la mesa.

Las fotos se desparramaron por la moqueta como un abanico abierto de múltiples colores.

—Vaya… —se lamentó Hatsue, y se inclinó para recogerlas del suelo, pero Hirasaka fue más rápido y las atrapó todas antes de que ella alcanzara una sola.

Uno de los montones que había apilado Hirasaka quedó coronado por la imagen de un autobús municipal. Cuando la vio, Hatsue se dijo: «Qué recuerdos me trae este autobús. ¡Qué tiempos!».

En otros montones también se veían varias fotografías de autobuses unas sobre otras. Hirasaka se fijó en ellas y le preguntó a Hatsue:

—Veo que le gustaban los autobuses. ¿Trabajó en alguna empresa de autobuses o algo parecido?

—No, no.

—¿Ah, no? —dijo, y añadió—: Como hay tantas fotos de autobuses, pensé que había trabajado en algo relacionado con estos vehículos.

—Mmm… —gruñó Hatsue, y se quedó pensativa unos instantes hasta que dijo—: En realidad, no es que no tenga nada que ver. De hecho, no mentiría si dijera que trabajé en un autobús —dijo cogiendo una de esas instantáneas—: ¡Oh, esta foto! —exclamó.

Era la que estaba buscando, la que más le apetecía recordar; pero tenía los colores muy desvaídos y la imagen se veía borrosa. Si forzaba la vista, identificaba la escena a grandes rasgos, pero aparte del suelo embarrado y las piernas de los allí presentes, todo lo demás aparecía como fundido en blanco.

—Fíjate, Hirasaka. Me acuerdo perfectamente de este momento y tenía muchas ganas de volver a verlo. Sin embargo, la imagen está tan descolorida que no se distingue casi nada.

—Oh, lo siento. Las fotografías que se pueden restaurar se reparan hasta cierto punto, así que supongo que con esa foto no se pudo hacer más. A diferencia de las fotografías que se guardan, las preferidas suelen utilizarse de decoración o vuelven a cogerse con la mano para contemplarlas repetidas veces. Precisamente por eso son las que más pérdidas de color sufren y se exponen a quedar dañadas. Con los recuerdos sucede igual: los más preciados que evocamos constantemente a la menor oportunidad son de los que más detalles vamos perdiendo.

«Claro…», pensó Hatsue con resignación. Le hubiera gustado tanto poder visualizar aquella escena, aunque solo fuera una última vez…

Hatsue musitó sin apartar los ojos de la imagen:

—Esta es la foto de mi «gran día del autobús». Tenía veintitrés años aquí, así que fue en el año…

—... en el año 1949 —dijo Hirasaka completando la frase.

Hatsue sonrió agradecida.

—Del día sí que no me olvido: fue el 4 de julio —recordó y volvió a quedarse pensativa—: ¡Anda que no ha llovido desde entonces! Supongo que ya era hora de morirme de vieja.

Hirasaka parecía estar anotando la fecha en su bloc de notas.

—Pero tengo una buena noticia para usted, podemos restaurar esa fotografía.

—¿Restaurarla? ¿Cómo? ¿Acaso tienes los negativos?

—No, aquí no.

¿Cómo se iba a poder reparar una foto de la nada? Hirasaka la cogió con cuidado de no tocar el anverso.

Luego dijo algo que a Hatsue le resultó difícil de entender:

—Restauraremos esta imagen fotografiando la misma escena a la misma hora y en el mismo lugar.

—¿Qué? ¿Cómo que «a la misma hora y en el mismo lugar»?

—Es algo que podemos hacer para un único día de su vida. Podemos viajar en el tiempo y volver a inmortalizar la escena con la cámara que usted quiera.

Hirasaka se levantó, abrió la puerta que había al lado del cuarto blanco y señaló su interior.

—Acérquese y échele un vistazo a lo que hay aquí dentro. Es el almacén de equipos fotográficos.

Hatsue se asomó a la entrada y se quedó atónita. Era una habitación con estanterías que llegaban del suelo al techo y con todas sus baldas copadas sin resquicio por toda clase de cámaras fotográficas. Uno, dos, tres…, y contó hasta diez niveles de baldas de abajo arriba. La más alta no se alcanzaba sin la ayuda de un taburete o de una escalera. La impresión que le causó aquella orgía de cámaras que colmaban por completo su campo visual la dejó medio paralizada.

—Pase, por favor —dijo Hirasaka.

En los anaqueles inferiores vio una larguísima hilera de cámaras grandes que parecían cajas de madera y que recordaba de haberlas visto de niña. El tubo de latón que todas llevaban en su cara frontal —probablemente la lente de la cámara— emitía un brillo sereno. En la balda superior había otra prolongada y apretujada fila de cámaras de diseño antiguo que semejaban cajas con dos lentes incrustadas en ellas. Recorrió con la mirada balda por balda hacia arriba y casi sintió marearse.

Una vez leyó que cuando los elefantes intuyen que su final se acerca, acuden tranquila y voluntariamente a esperar la muerte a una especie de cementerio de elefantes repleto de huesos de sus congéneres. Y aquella habitación le pareció un cementerio de cámaras.

Había tantas que ni siquiera hubiera sabido decir un número aproximado. El principio de unas escaleras descendentes la habitación sugería la existencia de otro almacén gigante en el subsuelo.

—Aquí están todos los modelos de cámaras y lentes que han existido en el mundo. Incluso los modernos digitales, los más recientes, absolutamente todos. Puede utilizar el que quiera.

—Parece un museo de cámaras.

—Hay bastante más gente de lo que se suele creer con

preferencias muy concretas sobre cámaras y lentes: que si quiero esta, que si aquella otra, que si prefiero esta lente, o que si es la última foto que voy a hacer en mi vida tiene que ser esta combinación concreta de cámara y objetivo, etcétera, etcétera —relató Hirasaka con una media sonrisa.

—No sé… A mí tener tanto de donde elegir me confunde. Además, no sé casi nada de cámaras.

Hatsue cogió al tuntún una que tenía cerca. Era una cámara digital profesional y, si casi no supo ni cómo sujetarla, no digamos ya usarla. Pesaba más de lo que parecía, cabía justo en la palma de su mano y al tacto transmitía una sensación de ser un producto elaborado con mimo, de mucha calidad. Tocó algo de la cámara sin querer y esta hizo zip-pa-pa-pa-pa-pa-pa. Se asustó y le entregó rápidamente la cámara a Hirasaka, que se limitó a devolverla con calma a su hueco en el anaquel.

—Por regla general, tiene que ser la persona interesada, o sea, usted en este caso, la que tome la foto y no yo, que soy el guía. Le haré unas preguntas para conocer sus preferencias y ayudarla a elegir la cámara que más se adecúe a usted y con la que más cómoda se sienta, no se preocupe.

Aquello alivió a Hatsue. Hirasaka añadió:

—Podemos viajar a un día de su vida, aunque solo podremos movernos en un área limitada en torno al escenario de la fotografía. Lamentablemente, usted ha dejado de existir como una entidad física en el mundo real y es un viaje temporal, así que las personas que veamos no serán capaces de percibirnos y, por supuesto, no podrá hablar con ellas, tocarlas ni establecer ningún tipo de contacto. Lo que podemos hacer es, única y exclusivamente, ir allá, ver la escena y tomar la foto.

—Solo mirar, ¿eh? No podré hablar con mis padres ni con nadie… Me va a dar mucha pena.

Hatsue estaba pensando en la cámara digital profesional que había sacado de la estantería.

—Las cámaras de hoy en día tienen muchísimos botones con miles de funciones y me parecen dificilísimas de usar. Y nunca he tomado ninguna foto demasiado importante. Tengo muchas dudas de que vaya a conseguir replicar la fotografía —dijo Hatsue con una nota de preocupación.

—Le confieso —replicó Hirasaka con una amable sonrisa— que yo tampoco soy ningún experto en cámaras fotográficas. De hecho, no es infrecuente que quienes lleguen aquí me ilustren sobre estas máquinas. Gracias a esto y con el tiempo, he ido descubriendo algunas cosas.

—O sea, que aprendes de la gente que llega aquí. Eso no me lo esperaba.

—Hay muchas personas a las que les gusta enseñar a los demás lo que sabe y se toma su tiempo en el asunto.

—¡Y eso que ya están muertos! —dijo Hatsue entre risas.

—Sí. Pero lo agradezco mucho porque aprendo una barbaridad —dijo mientras entraba en el almacén de equipos fotográficos—. Volviendo al asunto de la cámara que llevaremos, ¿qué le parece esta? —le preguntó mostrándole a Hatsue una pequeña.

—¡Oh! —exclamó esta sin querer nada más verla—. Claro que sí, esta cámara… Me acuerdo de ella. ¡Qué recuerdos!

Aunque desconocía el nombre del modelo, le sonaba que era una Canon.

—Fenomenal. Es que la vi antes en una foto suya y pensé que quizá la conocía. Es la Canon Autoboy. Cójala. ¿Recuerda cómo funciona?

La tomó en la mano y la examinó con curiosidad.

—Más o menos, pero preferiría que me refrescaras la memoria. Había que meter el carrete, ¿verdad?

—Eso lo pongo yo. Y para tomar la foto… ¿Ve este botón? Es el disparador —dijo señalándolo—. Púlselo a medias. Verá que la lente se mueve sola para ajustar el enfoque.

Hatsue asintió e hizo lo que Hirasaka le pidió.

—Hace fotos de calidad y tengo entendido que en su época muchos fotógrafos profesionales la llevaban como equipo secundario o de repuesto. Es ligera y no falla. Pienso que es una muy buena máquina.

Hatsue miraba por el visor y orientaba la cámara en diversos ángulos para probarla. Después de un rato jugando con ella, se sintió más cómoda en su manejo.

—Con lo poco que pesa, parece ideal para llevarla de viaje —observó Hatsue.

Hirasaka asintió y repuso:

—Ojalá tengamos un buen viaje.

—¿No se le podría poner una correa para llevarla colgada del cuello? —preguntó Hatsue.

Hirasaka abrió un armario y comenzó a buscar algo.

—¿Prefiere algún color en particular para la correa?

—Azul celeste.

Hirasaka sacó una especie de cordón añil. Parecía de cuero.

—Tenemos muchísimos carretes, así que cuando esté delante de la escena en cuestión, puede disparar sin parar y sin temor a que alguna foto salga mal. Luego elegiremos la que más le guste. Podrá presenciar a mi lado el revelado de las fotografías en el cuarto oscuro. Acepto todas las sugerencias acerca de la luminosidad, el color y otros detalles.

Hirasaka se detuvo delante de la puerta que había dentro del cuarto blanco.

—Vamos a viajar al 4 de julio de 1949. Llegaremos justo al amanecer y nos quedaremos hasta el mismo instante del día siguiente. ¿Preparada?

Hatsue, de pie a su lado, asintió con la cabeza.

—¡En marcha al gran día del autobús!

Hirasaka abrió la puerta.

Hatsue pensó que habían salido a la calle.

Sintió el viento en las mejillas.

Pero cuando se quiso dar cuenta, Hirasaka y ella caminaban por la parte alta del malecón de un río. Se volvió precipitadamente para mirar atrás, pero no vio en ningún sitio la puerta que acababan de cruzar.

La embargó la nostalgia cuando vio en lontananza las cuatro «chimeneas fantasma». Aquellas eran las chimeneas de la central térmica desmantelada hacía muchos años. En su día fueron el símbolo del barrio especial de Adachi. No se veían rascacielos y los caminos y la calzada estaban sin asfaltar. Todo indicaba que aún no habían concluido las grandes obras de construcción de diques. El paisaje era más natural, más salvaje. Ni siquiera vio el puente que debía estar en su lugar y una barca que conectaba las dos orillas del río lo cruzaba tranquilamente.

—El paisaje de entonces… —musitó Hatsue.

—Es un lugar precioso —comentó Hirasaka paseando la mirada por el entorno.

La brisa fresca de la mañana los acariciaba con suavidad.

—Es verdad… —dijo Hatsue—; antes los caminos no estaban asfaltados y las mañanas eran fresquitas. Ahora el calor se siente casi desde el amanecer y, cuando aprieta, llega incluso a causar muertes.

El cielo parecía un colosal lienzo azul inmaculado. La ausencia de edificios altos acrecentaba la sensación de inmensidad.

—El aire se siente más claro y limpio. Y el agua del río se ve tan clara…

—Tenemos muchísimo tiempo aún por delante, así que podemos pasear con calma.

Animada por Hirasaka, Hatsue reanudó la marcha en el sentido de la corriente.

—¿Te importa que te cuente mi vida? Aunque no sé por dónde empezar. Hay tantas cosas de las que me gustaría hablar… Aunque me temo que pocas ganas tendrás de aguantar las batallitas de una anciana. Si te aburro, no dudes en pararme los pies. No quiero aburrirte.

—Nada de eso. Siento mucha curiosidad por su vida.

Hatsue sonrió un poco avergonzada.

—Tú serás mi último interlocutor, ¿verdad?

—Sí, así es.

Hatsue miró de frente el camino y comenzó a hablar.

Empezó a contar, muy despacio, lo sucedido en 1948, en aquel pequeño enclave rodeado de ríos del barrio de Adachi, Tokio.

Mientras bajaba corriendo a toda prisa por la pendiente del malecón, me desprendí del quimono que llevaba a modo de chaqueta y me libré de los zapatos.

Me zambullí de un salto en el río y sentí cómo el frío del agua me encogía el corazón, como si alguien me lo estrujara con manos fuertes. Pero no había margen para remilgos. Nadar se me había dado bien desde pequeña. Estiré rápidamente los brazos para aprovechar el impulso del salto y comencé a dar brazadas. El agua se me metía por la nariz y noté una punzada en el fondo de las fosas nasales. Pateé con decisión y avancé como una flecha en línea recta sin sacar la cabeza del agua. Cuando la levanté para respirar, tomé todo el aire que pude de golpe. Seguí braceando y pateando sin descanso. Más rápido, más fuerte.

Las lluvias incesantes de los últimos días habían elevado el nivel de la corriente y el flujo me arrastraba y me desviaba en diagonal de mi trayecto. Aun así, comprobé con un rápido vistazo la posición de mi objetivo en el agua y forcé aún más la patada, casi con la intención de cubrir de un tirón la distancia restante. Segundos más tarde, algo rozó mi dedo corazón. Al parecer, había conseguido agarrar el cuello de un quimono, aunque el empuje de la corriente por poco me lo impidió.

—¡Ánimo! ¡Ya te tengo!

Lo cogí y lo elevé un poco en el agua, pero su cuerpo frío colgaba, lánguido y desfallecido, como un trapo empapado. Por fortuna, pesaba poco. Metí uno de mis brazos por debajo de su axila, lo sostuve bocarriba y nadé de lado hasta alcanzar la orilla.

Cuando miré la ribera, vi congregada a bastante gente.

Algunos se habían metido en el agua y venían nadando hacia nosotros.

Finalmente, alguien lanzó una cuerda. Cuando la agarré, la recogieron con fuerza y nos arrastraron rápidamente hasta la orilla.

El niño que había rescatado era pequeño. Apenas tendría tres o cuatro años. Sus pies desnudos y sus delicadas piernas estaban blancos y fríos. No respiraba.

—Ya han ido por un médico —dijo alguien.

—Voy a hacerle la respiración artificial. Creo que sé cómo se hace.

No imaginé que hubiera de poner en práctica lo aprendido aquel mismo día.

Exhalé con fuerza el aire en la boca del niño y vi cómo su pecho se elevaba ligeramente. Aquel débil movimiento de su cuerpo espoleó la angustia de los presentes. Puse una mano encima de la otra y la coloqué cerca de su corazón. Cargué mi peso sobre las manos: «Uno, dos, tres; uno, dos, tres...».

Del corro de gente formado en derredor, distinguí voces que decían: «¿Quién es?»; «¡Qué chica más valiente!»; «¡Corrió como una exhalación y saltó al agua!», y cosas así.

Tras presionar varias veces la boca del estómago, el niño hizo «¡guof!», y vomitó una bocanada de agua. Respiró débilmente un par de veces y rompió a llorar. La madre del chico, que había venido corriendo toda alterada y desgreñada, lo cogió y este se deshizo en llanto en sus brazos. Ella también lloraba. Suspiré aliviada y giré la cabeza hacia el corrillo de gente. Entonces, mi mirada se cruzó con las de los niños.

Se apresuraron a desviarlas, pero ya no se iban a librar de la bronca.

—¡Eh, vosotros! ¡Cómo se os ocurre venir a jugar al río un día como hoy!

Al espetarles aquello, agacharon la cabeza.

La ribera del río era uno de los lugares preferidos por los niños para jugar, y en verano volaban cometas, cazaban ninfas de libélula o escarabajos buceadores en el agua. Pero dadas las torrenciales lluvias que habían caído en los días previos, era casi seguro que los adultos habían advertido a los niños que se mantuvieran alejados del río.

Algunos mayores quisieron tranquilizarme, pero no me pude quedar callada.

—El chaval se empeñó en venir con nosotros a pesar de que le dijimos que se quedara donde estaba.

—¡Eso es...! Cuando nos dimos cuenta de que no se encontraba donde lo habíamos dejado y miramos al río, ya se lo estaba llevando la corriente.

Yo iba de camino a echarle un vistazo a la escuela infantil de la que había recibido una oferta de trabajo, y me había encontrado por casualidad con aquel niño ahogándose en las turbulentas aguas del río. Me entraron escalofríos al pensar en habérmelo pasado por alto.

—A partir de ahora, no podéis volver al río después de que llueva sin la compañía de un adulto. ¿Entendido?

Los niños se quedaron callados.

—¡¿Entendido?!

—¡Sí!

Uno de los pequeños se apuntó la nariz con un dedo mientras la miraba fijamente. Lo observó sin entender aquel gesto hasta que el niño le dijo:

—Se te están cayendo los mocos.

Me limpié rápidamente con la mano derecha.

Hasta aquel momento había estado pensando en rechazar la oferta de trabajo. La escuela quedaba muy lejos de casa y el ridículo sueldo no me compensaba en absoluto. Por si fuera poco, estaba tan mal comunicada que tenía que hacer varios trasbordos en tren y, después, cruzar a pie un puente destartalado para llegar. Y de las instalaciones de la escuela infantil no merecía la pena ni hablar. Encima tenía otras ofertas. Tenía que poder encontrar algo mucho mejor.

—¡Achís! —Estornudé con ganas y me sorbí los mocos, que estuvieron a punto de volver a asomarme por la nariz.

Una señora se me acercó y me entregó ropa seca.

—Póngaselo, por favor —me decía haciendo reverencias, como si el favor se lo estuviera haciendo yo.

Al fin apareció un policía.

—Muchísimas gracias por rescatar al niño. ¿Le importaría indicarme su nombre, apellido y edad?

—Me llamo Hatsue Mishima y tengo veintitrés años.

—Ha demostrado una valentía inusual en una mujer. Pocos hombres se hubieran lanzado al agua como me han dicho que lo hizo usted.

El policía asintió con convicción cuando lo miré fijamente a los ojos y le dije:

—Los niños son nuestro tesoro más preciado.

—¿Vive usted por aquí?

—No.

—¿Trabaja cerca, entonces?

—Sí.

El policía se me quedó mirando como diciendo: «¿A qué se dedica usted?».

—Soy profesora de educación infantil.

—¿Cómo dice?

—¡Profesora de educación infantil! Aunque no empezaré hasta pasado mañana.

Volví a estornudar con ímpetu, ¡achís!, y no pude contener los mocos. El policía me ofreció un pañuelo.

El viento soplaba tan fuerte que tumbaba completamente el humo que brotaba de las cuatro «chimeneas fantasma». Ese día, tomé la decisión de trabajar como cuidadora infantil en aquella pequeña localidad llamada Aratano-cho.

Aratano-cho ocupaba una pequeña área en el extremo del barrio especial de Toshima-ku y, a diferencia de mi casa, que quedaba en un lugar alejado de los blancos de los bombardeos, estaba ubicada en una zona con una alta concentración de fábricas y en la guerra había padecido bombardeos sin piedad. Contaban que aun estando como estaba, rodeada de ríos, durante la contienda había quedado reducida a cenizas.

Concluida la contienda, en Aratano-cho se reconstruyeron las fábricas antes que las viviendas con el fin de promover y apoyar la reedificación. En aquel momento, las fábricas estaban creciendo, con cada vez más obreros trabajando en ellas, y la localidad empezaba a poblarse de gente. Crecía el número de familias y de niños. Todos se esforzaban con denuedo para mantener a la familia y sacar a los niños adelante.

En esos caóticos años de posguerra muchos perdieron sus trabajos, y otros que por fortuna los habían conservado no obstante sufrían con frecuencia las duras consecuencias de los retrasos en el pago de las retribuciones. La vida se complicaba rápidamente si faltaba el dinero para el día a día. Y así, no solo a los padres de familia, sino también a las madres con hijos pequeños, les tocaba buscarse la vida haciendo lo que fuera para alimentar a la prole.

Que los hermanos mayores cuidaran de los menores era lo normal. Empero, los hermanos mayores seguían siendo niños y no eran pocas las veces que metían la pata con sus despistes o malas decisiones, lo que causaba ahogos en el río, golpes en la cabeza, accidentes de tráfico…

Los turnos que se organizaron en el vecindario para que los adultos que estuvieran disponibles cuidaran de los niños, como si fuera una guardería espontánea, fueron una buena idea, pero sus deficiencias no tardaron en aflorar. Y pronto surgieron las voces que reclamaban una auténtica escuela infantil con maestros profesionales.

Eso fue lo que llevó a la Federación Democrática de Cuidados Infantiles a contactar conmigo, que recientemente había aprobado el Examen Oficial de Maestros de Educación Infantil, para ofrecerme trabajar en Aratano-cho. Me explicaron que una fábrica siderúrgica de la zona nos prestaría provisionalmente una sala en un edificio vacío de su propiedad como espacio físico para la escuela.

Lo malo era que Aratano-cho quedaba muy lejos de mi casa. Tenía que viajar en tren desde un extremo del barrio especial de Toshima-ku y, una vez en la estación, caminar todavía una distancia considerable hasta llegar a mi destino. Verme obligada a dedicar hora y media solo para cubrir el trayecto de ida al trabajo no me hacía ninguna gracia. Encima, la escuela estaba ubicada en una especie de isleta fluvial sin un puente que la conectara con la otra orilla y había que acceder a ella en una barca.

Pero si rechazaba la oferta, los sufridos padres de Aratano-cho retrocederían a la casilla de salida en la apremiante búsqueda de un cuidador adecuado para sus hijos. En tal caso, el retraso en la apertura del centro sería impepinable, con el consiguiente perjuicio para los padres, a quienes no les quedaría más remedio que dejar a sus hijos en casa sin la supervisión de un adulto para irse a trabajar. Aquel día un niño había estado a punto de morir ahogado. Tenía que ser penoso trabajar angustiados por los vástagos que dejaban en casa sin nadie que los cuidara, temiendo que se ahogaran en el río o sufrieran cualquier accidente grave.

Decidí creer que el incidente en el que me había visto envuelta era una llamada del destino y, también por mi naturaleza optimista, que quizá los peros que había encontrado inicialmente no fueran tan terribles en la práctica. Le había pedido a la federación un tiempo para pensármelo, pero me resolví a aceptar la propuesta y así se lo comuniqué a la persona de contacto justo antes de marcharme.

Al principio, seguí extrañada de que la federación contactara con una pipiola como yo para aquella empresa. Pero enseguida hube de saber el porqué.

El sol de la mañana me cegaba y el traqueteo del tren me inducía al sopor, pero traté de mantener los ojos abiertos. Miré por la ventanilla cuando el tren comenzó a frenar y supe que estaba llegando a Kamiyabashi.

Salí de la estación siguiendo la marea de pasajeros y enfilé la calle Koshin-dori junto al gentío. Un chico en bicicleta nos adelantó ligero. Yo caminaba detrás de una madre con su bebé a cuestas sujeto con la faja del quimono. El simpático bamboleo de los pies de la criatura me arrancó una sonrisa. Giré la cabeza para ver su cara cuando los adelantaba y distinguí que miraba arriba, como si algo que había sobre su cabeza atrajera su atención. Al parecer, lo que suscitaba su curiosidad eran las llamativas letras impresas en los carteles colgados de los numerosos postes que flanqueaban la calle y que anunciaban a los candidatos de las próximas elecciones.

Pasé por un tramo de acera donde se sucedían en el suelo y en línea recta una serie de bloques cuadrados de cemento entre segmentos a intervalos irregulares parcialmente cubiertos de una fina capa de tierra. Avancé pisándolos con firmeza. Pero de pronto el viento levantó una polvareda que me hizo entornar los ojos y agachar la cabeza.

Vi de soslayo un letrero que decía: OCHENTA YENES EL PRIMER TRAYECTO EN TAXI, pero aquel anuncio no iba conmigo y aparté enseguida la mirada. Alargué la zancada y aceleré para llegar al viejo y destartalado puente Aratano-bashi. La madera crujía de lo lindo a cada paso y las tablas del suelo estaban tan separadas en algunos tramos que dejaban ver perfectamente la corriente del río.

La escuela infantil se iba a instalar, al menos provisionalmente, en la sala de un edificio vacío, propiedad de una empresa siderúrgica a la que la Federación Democrática de Cuidados Infantiles había solicitado colaboración. La estancia en cuestión era un espacio diáfano con suelo de madera sita en la segunda planta del bloque este del complejo de edificios de la empresa. Era lo bastante espaciosa como para que todos los alumnos de la escuela pudiesen formar un gran círculo colocándose hombro con hombro. Nos faltaban materiales didácticos y lúdicos, pero tiraríamos de ingenio y creatividad para suplir las carencias.

Metidos en faena, la imaginación y el ingenio desbordantes de los críos no pararon de sorprenderme; una simple tela grande y cuadrada de color azul se convertía en mar, algunos días en lluvia y otros en casa. Me resultó emocionante ser testigo directo de su crecimiento diario. El desarrollo físico, por descontado; pero lo realmente fascinante era su velocidad de aprendizaje, casi inverosímil, impensable en un adulto. Aquello representaba una auténtica metamorfosis. Éramos dos cuidadoras para veintitrés niños, lo que significaba trabajar siempre a un ritmo frenético, pero al concluir la jornada la gratificación y la satisfacción por el cumplimento de nuestro cometido superaban con creces el cansancio.

Deseaba de corazón que cada día fuera mejor para todos los alumnos y tener la suficiente sensibilidad e inteligencia para reconocer y potenciar las virtudes de cada uno.

La empresa siderúrgica accedió a dejarnos utilizar cuando hacía buen tiempo un área de su terreno a modo de patio.

Un día, vi en el patio a un niño que decía: «No quiero, me da miedo», y a otro que le replicaba: «Tienes que saltar cuando venga la cuerda hacia ti. No, no, así no; ¡ahora!»; y a un tercero pavoneándose: «¡Pero si yo puedo saltar con los ojos cerrados!». En torno a una simple cuerda surgían escenas inesperadas y divertidos intercambios.

Cuando les dije: «Os voy a dar vueltas a la cuerda. A ver si saltáis todos bien», los críos se pusieron como locos de contentos. «¡Haz los giros grandes, profe!», «¡Despacio!», gritaban.

El presupuesto de gestión escolar era muy justo y no había apenas margen para florituras. A lo sumo, daba para comprarles algunos caramelos de vez en cuando. Pero el día que los repartíamos, la escuela era una auténtica fiesta.

Al principio, fueron notas de papel.

«Dejad de hacer ruido», decía sin más la hojita manuscrita y encajada en el resquicio de la puerta de entrada de la sala. Me extrañó un poco que estuviera escrito con letras refinadas de mujer. No me agradó nada ver aquello, pero pensé que sería una broma de algún niño y no le di más importancia.

Pero al día siguiente me volví a encontrar medio folio doblado en cuatro partes en el mismo sitio y con el mismo mensaje: «Dejad de hacer ruido». Esta vez, la ira de la autora resultaba más que evidente en los trazos rabiosos dc las letras.

Cuando se lo comenté al encargado de las instalaciones de la empresa, me dijo:

—Oh... Creo que esto es cosa de la señora de enfrente.

Por el tono que empleó al decir aquello, deduje que esa «señora de enfrente» era una mujer de armas tomar. Sea como fuere, no nos sobraban precisamente los folios, así que lo estiré bien para quitarle las arrugas y lo guardé para que cuando vinieran a recoger papel usado pudiera rascar unos céntimos más a cambio.

Los niños no gritaban como locos cuando jugaban y nunca me pareció que armaran ningún escándalo. Algunas voces, sí, lógicamente; pero nada fuera de lo normal en un espacio infantil. Cuando cantábamos lo hacíamos a capela porque no teníamos piano ni órgano. Entendía que no había motivo de queja en este sentido por parte del vecindario.

La reacción retorcida, poniendo por escrito y advirtiendo del enfado propio de forma indirecta, en vez de venir simplemente y decir que no diésemos voces cuando así lo hiciésemos, revelaba una inquina profunda que me intimidó. Solo había un domicilio particular en el radio de alcance de las voces procedentes de la escuela y el anonimato de las notas resultaba ridículo.

Después de un tiempo, las quejas comenzaron a llegar directamente a la empresa dueña del espacio de la escuela.

Hilando rumores supe que en esa vivienda de la que procedían residía una mujer joven y casada, conocida por su carácter agrio y extremadamente susceptible, no obstante con cierto predicamento en el vecindario por ser de una familia local de abolengo. Considerando la situación de la escuela, y con independencia de que tuviera la mujer razón o no, pensé que lo mejor sería pedirle disculpas y, al menos, ponerla al corriente de nuestras circunstancias. Ella agradecería el gesto y, en adelante, sería más tolerante con los ruidos. Confiaba en que lo entendería.

Se suponía que los bombardeos durante la guerra habían convertido el entorno de la escuela en una auténtica escombrera. Pero la casa de esta señora había seguido incólume, conservando y ostentando en su recinto el distintivo granero-almacén de las familias con posibles. Su casa contaba, además, con un magnífico pino que extendía su ramaje en diagonal sobre el portón de entrada, en la que colgaba una placa identificativa con el apellido HISANO.

—Buenas tardes —dije frente a la puerta de acceso.

Segundos después, salió a recibirme una mujer que parecía ser la criada.

—Me llamo Hatsue Mishima y soy profesora en la escuela infantil de enfrente. ¿Podría hablar con la señora de la casa?

—Espere un momento —dijo secamente antes de desaparecer para regresar casi al instante y espetarme—: La señora no desea hablar con usted.

—He venido a pedirle disculpas porque, por lo visto, la estamos molestando con el ruido que hacemos en nuestro centro.

La mujer volvió a ausentarse, pero nuevamente reapareció en cuestión de segundos.

—La señora ordena que cesen inmediatamente los ruidos.

Por lo rápido que regresaba la mensajera, era evidente que la señora estaba muy cerca de la entrada. Por un momento sentí que las manos y los pies se me enfriaban; pero, acto seguido, la sangre comenzó a subírseme a la cabeza. ¿Qué clase de jueguecito absurdo era aquel ir y venir de mensajes por persona interpuesta? Ciertas situaciones requerían encuentros cara a cara, hablar mirándose a los ojos. Si no, el mensaje no se transmitía como debería.

—¡Lo sentimos mucho! ¡Disculpe que la hayamos molestado! ¡Se lo decimos de corazón! ¡Lo sentimos muchísimo! ¡Soy la profesora de la escuela infantil de enfrente! —grité desde la entrada hacia el interior de la casa.

Tenía que hablar con ella. Si no, mi visita carecería de sentido. Junté las manos en la parte baja de la espalda y la arqueé ligeramente hacia atrás. Aquel gesto lo había aprendido de un primo que solía acudir a manifestaciones estudiantiles. Decía que así se proyectaba mejor la voz.

La señora de la casa se presentó en la entrada con evidente gesto de desagrado. Iba vestida con elegancia al modo occidental. Su delicado físico parecía acorde con la fragilidad de sus nervios. Me vino a la cabeza la imagen de un hilo tenso a tal punto que se partiría al mínimo contacto con algún otro objeto. Lo primero que hizo fue mirarme de arriba abajo, como si me pisoteara con los ojos. Cuando su mirada bajaba y llegaba a mis pies, volvía a subir hasta mi cabeza. Siguió haciendo esto sin decir nada. Me dispuse a pedirle disculpas y, justo cuando tomaba aire para hablar y despegaba los labios, bramó:

—¡Dejad de hacer ruido de una vez!

Atrapada en medio del intenso choque de miradas entre nosotras, la criada no sabía cómo reaccionar y nos observaba titubeante.

—Lamento que las voces de los niños la hayan molestado. Le pido disculpas.

—¡Me estáis destrozando los nervios!

—Le prometo que, en lo sucesivo, trataremos de ser más silenciosos. Pero nuestra escuela infantil es necesaria para que los niños del barrio puedan pasar el día sin sus padres. Ruego su comprensión.

—Una escuela infantil... —murmuró, se quedó callada unos instantes y repitió—: Una escuela infantil, ¿eh?

—Exacto. Una escuela infantil. Los niños son nuestro tesoro más preciado. Para un crecimiento sano necesitan un espacio seguro en el que desarrollarse física y mentalmente. Estas criaturas crecen cada día. El juego, tanto solos como con sus pares, es fundamental para que...

—Estás soltera, ¿no? —me cortó seca.

—Sí.

—Dices «profesora de educación infantil»; pero eres una simple cuidadora de niños. No te des tanta importancia, anda.

Noté cómo se me encendían las mejillas. Pero tenía razón: yo estaba soltera.

—No estás casada ni tienes hijos. ¿Qué sabrás tú de niños?

Seguramente había estado afilando aquellas palabras mientras clavaba a diario su mirada en la escuela.

—En cualquier caso, os pido silencio. No tengo nada más que decirte —zanjó.

Cuando ya me estaba dando la vuelta para irme, añadió:

—Además, no soporto cómo cantas. Siempre desafinas medio tono al final de cada estrofa y me resulta muy desagradable.

En el camino de regreso a la escuela, me encontré con los niños que habían salido a dar un paseo por el malecón.

—¡Profesora! —me llamaron a voces, se acercaron corriendo y me rodearon.

Puse la mejor sonrisa que pude y les pregunté:

—¿Habéis encontrado bichos?

—¡Sí, sí! ¡Saltamontes! —dijeron unos.

—¡Mariquitas! —continuaron otros.

Volví la cabeza hacia la casa de la señora, preocupada por las voces que estaban dando los críos, y vi una ventana que se cerraba violentamente con un ¡plas!

A raíz de aquel encuentro, cuando tocaba jugar lo hacíamos con las ventanas cerradas y, cuando salíamos a la calle, procurábamos alejarnos de la escuela; si los niños estaban particularmente revoltosos, los invitábamos a realizar juegos manuales o a que dibujaran. Tomábamos muchas precauciones para silenciar incluso el poco ruido que hacíamos. Pero aquel día llegó de repente.

La empresa siderúrgica, que era la arrendadora de la sala que utilizábamos para la escuela infantil, nos notificó sin previo aviso que debíamos abandonar el edificio. No nos dieron a conocer los detalles, pero todo apuntaba a que alguien había movido los hilos en la sombra para que nos echaran de allí.

Cuando aún sospechábamos de la veracidad de aquella notificación, nos llegó otra conminándonos a sacar todas nuestras pertenencias de la sala, a restituir su estado original y a abandonarla durante aquel mismo fin de semana.

A quienes peor cayó la noticia fue a los padres de los niños. En el barrio no había ningún otro complejo que pudiera acomodarse rápidamente como escuela infantil. Si los niños que mandaban a la escuela para poder irse a trabajar de pronto se quedaban sin un lugar seguro en el que pasar el día, toda la logística familiar-laboral se les venía abajo.

El señor Sakaida, del equipo directivo de la asociación de madres y padres de alumnos de la escuela infantil, convocó a los progenitores a una reunión de urgencia. La señora Sakaida solía llevar la voz cantante en las reuniones de la asociación, pero la discusión se enredó de tal manera que ni siquiera ella supo mantener los nervios templados como solía hacer.

Después de un largo debate, se acordó que nosotras cuidaríamos de los niños en el malecón los días que hiciera buen tiempo y, en los de lluvia, utilizaríamos una habitación del domicilio de una de las familias que traía a sus hijos a la escuela infantil y que amablemente se prestó a ofrecer.

La tela del viejo paraguas tenía una abertura por la que se colaban las gotas de lluvia. Yo acostumbraba a colocarme aquel artilugio de tal manera que el agua que caía por la raja no me mojase mientras iba caminando.

El área de Aratano era un terreno bajo y estaba rodeada de cursos de agua. Esto hacía que cuando llovía se formaran fácilmente grandes charcos en los caminos y calzadas de la zona. El suelo se convertía con rapidez en un lodazal y el calzado se embarraba. Por eso, en los días pasados por agua, lo primero que había que hacer al volver a casa era limpiarse los zapatos. Tampoco había forma de evitar que la ropa quedara hecha un asco por culpa de las salpicaduras de barro, aunque se caminase con todo el cuidado del mundo para no mancharse.

Los días que trabajaba en la escuela infantil regresaba a casa de noche cuando las calles estaban oscuras. Abría la puerta levemente descuadrada y metía el paraguas en el bastonero. Siempre llegaba hambrienta. Mis hermanos pequeños ya estaban dormidos y toda la casa se hallaba en silencio.

Un día, mi madre me dijo en tono de reproche mientras me servía arroz a rebosar en un cuenco:

—¿Cómo es posible que llegues todos los días tan tarde?

Me senté a la mesa baja y me limité a decir:

—Gracias por la cena, mamá.

Con desgana, mi madre me colocó delante un platito con encurtidos.

—Deberías dejar de asistir a esa escuela infantil. Se supone que estás yendo a trabajar, no a sufrir. Encima, a partir de la semana que viene, tenéis que cuidar de los niños al aire libre. ¡No me fastidies! Es un despropósito se mire por donde se mire.

La compañera con la que trabajaba en la escuela había decidido dejar el trabajo a raíz del desahucio.

—Pero si lo dejo yo también, ¿qué será de los niños?

—Algo harán los padres para cuidarlos, como hacían antes, ¿o no? En todo caso, eso ya no sería asunto tuyo.

—Pero los niños necesitan…

—Hatsue, cariño, te estás implicando demasiado. Es un simple trabajo.

—Aun así…

—Ni aun así ni aun *asá*. Te recuerdo que este mes todavía no te han pagado el sueldo.

En efecto, así era. Normalmente me pagaban de forma fraccionada y las demoras eran lo habitual. Esta última vez llevaba un retraso de tres semanas.

—Tienes que trabajar en un sitio que te garantice aumentos de sueldo. Anda que no hay escuelas infantiles bien gestionadas y equipadas. Cuidar de los niños en el malecón, a la intemperie…

«Estás yendo a trabajar, no a sufrir» era una frase que solía repetir.

Llegaba a casa de noche, cenaba, preparaba las actividades del día siguiente y caía rendida en la cama. Pero no dormía bien.

Y es que aquel dardo largamente afilado de la señora Hisano me seguía mortificando.

«Eres una simple cuidadora de niños».

Me seguía haciendo daño porque me veía sin argumentos para repeler aquel ataque. En la situación en la que se encontraba la escuela, poco podía argumentar a favor de ella. Aunque mi conciencia estaba tranquila porque, como profesional de la educación infantil, me desvivía de forma sincera por la seguridad de los niños y por organizar seria y conciezudamente actividades diarias que fueran favorables a su desarrollo y crecimiento. Pero en la escuela todo estaba hecho deprisa y corriendo: sin un espacio físico en condiciones, sin una gestión adecuada como entidad educativa, sin un régimen retributivo serio y sin alguien que se dedicara a la contabilidad, por nombrar solo las fallas más evidentes. Había problemas de todo tipo, pero al menos hasta aquel momento éramos dos profesoras. A partir de entonces, ni eso. Estaba sola ante el peligro.

Los padres que pagaban religiosamente las cuotas de la escuela eran menos de la mitad. Me desarmaban de inmediato cuando venían a pedirnos disculpas con esas caras de pena y dolor por no poder abonar el pago mensual. Yo era incapaz de reclamarles ni siquiera una pequeña parte, ya no digamos echar a sus hijos de la escuela. Desde que había comenzado a trabajar, ni un solo día había llegado a casa a la luz del día. Bien era verdad que la escuela estaba aún dando sus primeros pasos y hasta cierto punto era normal tener problemas a nivel organizativo; pero eso no hacía menos penosas las dos semanas que debía pasar cada mes sin ver ingresada la remuneración que me correspondía.

Al menos, quería un paraguas nuevo. Pero no podía permitírmelo y seguía con la tela rasgada.

También había padres que tardaban la internerata en venir a buscar a sus hijos. Cuando la espera se prolongaba y alcanzaba la hora de cenar, me moría de hambre; pero no iba a ponerme a comer yo sola con los niños mirándome, así que no me quedaba más remedio que compartir con ellos algún bollo o lo que tuviera en ese momento. Esos imprevistos eran pequeños cuando se los consideraba aisladamente, pero se iban acumulando hasta suponer una cantidad considerable, al menos para mi maltrecha economía. Y, por supuesto, jamás me atreví a reclamarles a los padres lo que había compartido con sus hijos.

Si después de todo no había dejado el trabajo, era porque la labor que desarrollaba aún me parecía encomiable y me seguía sintiendo orgullosa de ser profesora de escuela infantil.

Pero ¿y si los padres también pensaban que nosotras éramos unas simples cuidadoras de niños y que lo que nos pagaban por dejar a sus hijos a nuestro cargo era poco más que una propina?

Las dudas me estaban carcomiendo y la vocación y el entusiasmo iniciales comenzaban a resquebrajarse.

Llegó el último día de la escuela infantil en el edificio de la empresa siderúrgica. Me senté a la mesa para despachar algunos trabajos administrativos mientras miraba de vez en cuando la calle por la ventana. Yo esperaba que la señora Hisano saliera de su casa. Sabía que era el día de la semana en que cogía un taxi para ir a algún lugar.

Dejé los niños al cuidado de mi compañera y fui al encuentro de la señora Hisano. Cuando me vio llegar, abrazó su bolso contra su pecho y reculó un poco. Parecía temerosa de lo que pudiera espetarle a la cara. Yo sabía que su familia gestionaba el terreno en el que estaban instaladas las oficinas de la empresa siderúrgica y estaba segura de que ella había maniobrado para acabar con la escuela infantil.

—Muchas gracias por todo —le dije agachando la cabeza—. Sentimos las molestias que la escuela le haya podido ocasionar.

Mis disculpas la sorprendieron. La cara que había puesto antes de que le dijera nada era la de alguien que teme una agresión inminente; pero como no había sido así —más bien todo lo contrario—, parecía confusa.

—No obstante, tenga por seguro que volveremos a abrir una buena escuela infantil en Aratano-cho; una en la que incluso usted dejaría a sus hijos de buen grado.

Me miró de hito en hito sin decir palabra. Hice una nueva reverencia y me despedí:

—Que le vaya muy bien. Adiós.

Me di la vuelta y comencé a caminar hacia la escuela.

Cuando llegué a la sala, los niños estaban jugando por libre; unos, simulando tareas del hogar; otros, con las peonzas.

Giré la cabeza y vi encima de mi mesa un papel que decía: «Profesora Mishima», con un retrato de ojos en espiral. La fuerza con la que había apretado el lápiz el autor, o la autora, del retrato dejó marcadas las vetas de la mesa en el papel y los trazos del dibujo se veían temblorosos y zigzagueantes. La cara, la nariz y los ojos eran redondos y me dio la impresión de que se me parecía. Completaban el cuadro cinco o seis cortes de *yōkan*, mi dulce favorito, repartidos alrededor de mi cara.

«No, no me voy a rendir», me dije.

Iba a ser un día caluroso.

Crucé el puente Aratano-bashi, subí al malecón y seguí caminando hasta una extensión plana de hierba, mirando de reojo los carrizos mecidos al viento. El trayecto era largo y me estaban empezando a sudar las manos. Llevaba en una de ellas un gran *kamishibai*, un teatro de papel a base de láminas de dibujos, que a los pequeños les encantaba.

En cuanto me reconocieron en la distancia, los niños empezaron a llamarme, «¡Profesora Mishima! ¡Profesora Mishima!», y vinieron hacia mí corriendo y saltando.

Paseamos por el malecón cogidos de la mano. Después, nos sentamos en la hierba en círculo y cantamos unas canciones acompañados por una harmónica: «Metemos los tomates en un sombrero de paja». Los niños cambiaban «tomates» por otras frutas y todos reían. También lo hicieron por *yōkan*, mi dulce favorito.

Terminamos de cantar, cazamos bichos, jugamos con las hojas y fabricamos coronas y collares de flores. El cielo azul parecía henchido de las alegres y enérgicas voces de los niños.

Pero cuidar sola de todos era agotador. Algunos padres mostraron su preocupación por la seguridad de los críos y la asociación de padres y madres intervino para que los progenitores que estuvieran libres acudieran al malecón a echarme una mano.

Los días de lluvia la escuela funcionaba en una habitación de la casa de una de las familias.

En una reunión con los padres, estos habían reclamado un espacio cerrado y cubierto para evitar los rigores de la intemperie. A nadie le importaba que fuera un inmueble alquilado o incluso una sala dentro de algún edificio. Pero en un tiempo en que los esfuerzos para la reconstrucción urbana eran una necesidad acuciante y con la inflación disparada por la pérdida del valor del yen y las medidas aplicadas para su estabilización, los materiales de construcción —principalmente la madera— escaseaban.

Los disponibles en el mercado negro eran desorbitadamente caros, y mi valiente declaración, «Tenga por seguro que volveremos a abrir una buena escuela infantil en Aratano-cho», comenzaba a perder fuelle y a difuminarse como una vana ilusión. Esto lo sabía yo mejor que nadie. Ni siquiera contábamos con una licencia oficial para abrir una escuela infantil. Aquello era, en el mejor de los casos, una pequeña guardería que ni siquiera tenía el suficiente músculo financiero para abonar a tiempo la única nómina.

Llegó la temporada de lluvias y ya no pudimos acudir al malecón. Se sucedieron los días de escuela en el cuarto del domicilio de una de las familias.

Había tantos niños que era difícil caminar por aquella habitación. Mientras paseaba la mirada por la estancia, sentí que estábamos en un punto de inflexión. Quizá pronto supiésemos de algún local adecuado en alquiler. Pero quién sabía cuándo. Ni siquiera tenía la convicción de que pudiera soportar mucho más esta situación. Solo me quedaba hacer de tripas corazón, centrarme en el día a día y mantener prendida la llama de la esperanza.

Fue un tiempo después cuando supe que la señora Hisano había sufrido reproches crueles de su suegra por su incapacidad para quedarse embarazada. Pensé que aquel dardo envenenado, «No tienes hijos. ¿Qué sabrás tú de niños?», quizá fuera el mismo que la había estado atormentando durante años.

Aquello sucedió un día desagradable que comenzó gris y con un bochorno pegajoso. Un extraño viento estuvo soplando desde por la mañana temprano y nos habíamos trasladado a la habitación de la casa porque la previsión del tiempo anunciaba lluvia vespertina.

Lo cierto era que me había llamado la atención la cantidad de niños tumbados jugando perezosamente con muñecos, como desganados.

Cuando uno de ellos me dijo: «Profe, tengo sueño», y le puse la mano en la frente, la fiebre era más que obvia. Otros niños también se encontraban indispuestos y pensé que se habían resfriado.

Una de las madres que vino a buscar a su hijo preguntó distraídamente si no sería gastroenteritis y se llevó a su hijo a cuestas. En ese momento pensé que quizá tuviera razón.

Pero cuando todos habían regresado a sus hogares y fui como de costumbre a darle las gracias a los dueños de la casa, me encontré a la señora con el rostro demudado. De pronto, me acordé de que llevaba dos o tres días sin ver a su padre anciano. Al parecer, se encontraba indispuesto y en cama, ese día había acudido al hospital para que lo viera un médico.

Diagnóstico: disentería.

Los niños compartían el cuarto de baño con el anciano.

La disentería se manifestaba inicialmente con fiebre, cursaba con intenso dolor estomacal, seguido de diarrea y pujos con sangre que se pierden durante varios días. Era una enfermedad temible que podía causar la infección con la introducción en el organismo de tan solo diez unidades de la bacteria *Shigella dysenteriae*.

Los síntomas se agravaban con facilidad en niños pequeños y no eran raros los casos en que terminaban causando la muerte. La probabilidad de un contagio masivo, una vez detectado un caso entre los niños, era extremadamente alta.

No existían vacunas efectivas.

Enseguida recordé al alumno con fiebre. Salí con tanta

prisa de la casa que ni siquiera recuerdo si me despedí de la señora. Informé inmediatamente de la situación a todo el equipo directivo de la asociación de padres y madres y ellos se encargaron de avisar al resto de las familias.

Había siete niños infectados. Vi a algunos padres corriendo por el malecón hacia el centro de salud con sus hijos en brazos gimiendo con debilidad. Tomé la decisión de acompañarlos.

Dos niños del grupo de los mayores estaban especialmente graves y no era descartable incluso el peor final. A medida que pasaban las horas, crecía el número de niños indispuestos.

Me senté en el suelo para hacer una reverencia de disculpa. «Lo siento muchísimo...», y noté mis manos frías. Los padres me consolaban con palabras amables: «Usted no tiene la culpa, profesora», pero fui incapaz de levantarme.

Pensé en la posibilidad de que algún niño pudiera morir y solo pude lamentar que fueran los niños y no yo quienes estaban infectados.

Tras los primeros ingresados, a la mañana siguiente fueron hospitalizados diez niños más en tres tandas y, al día siguiente, aún otros dos. En total, diecinueve niños contagiados; es decir, casi la mitad de los alumnos de la escuela. Una auténtica desgracia.

Di el primer suspiro de alivio cuando nos informaron de que los dos alumnos que peor estaban habían salido de la zona de peligro y se encontraban estables aun dentro de la gravedad. Sentí quitárseme un peso de encima y caí rendida en una silla. Aun así, todos seguían hospitalizados. ¿Qué sucedería si estuvieran infectados los más pequeños con los sistemas inmunológicos menos robustos?

Me faltaba el aire. Solo podía rezar.

Durante el día, ayudé a desinfectar a fondo la casa que presumiblemente había sido el foco de infección. Se realizaron pruebas de heces a todos los alumnos y a sus familiares. El centro de salud y la asociación de vecinos se coordinaron para adoptar medidas contra la propagación de la infección.

Yo ayudaba con las tareas de esterilización, acompañaba a las familias al hospital y visitaba a los niños ingresados. Apenas volví a casa y me dediqué en cuerpo y alma a atender aquella situación sobrevenida.

—Profesora, tiene muy mala cara. Por favor, duerma un poco —me decían.

Pero de ninguna manera me podía quedar tumbada en la cama. Me daba tanto pavor que alguien falleciera que era incapaz de estarme quieta.

Poco a poco fue quedando claro que los infectados eran los que habían usado el baño en la casa. Los más pequeños se habían salvado porque, por fortuna, aún utilizaban el orinal para hacer sus necesidades.

La escuela se suspendió durante el mes que los niños estuvieron hospitalizados.

El ingreso hospitalario por disentería implicaba el aislamiento de los pacientes en un bloque a tal efecto y ni siquiera sus familiares podían visitarlos. Durante ese tiempo, yo acudí todos los días al hospital para llevar cartas y juguetes a los niños.

Aquellos que superaron la fase crítica y quedaron fuera de peligro se organizaron entre ellos para encargarse de la limpieza y el orden de las habitaciones. Me contaron que los médicos y las enfermeras los habían felicitado, diciéndoles que sus habitaciones «estaban mucho más limpias y ordenadas que las de los adultos».

Una tarde, de camino a casa, abrí una carta que me habían escrito los niños y que me entregó una de las enfermeras. Era un folio doblado en cuatro partes.

Profesora Mishima:

Tenga cuidado con los coches cuando se va a casa, siempre es de noche y las calles están oscuras.

Había un montón de dibujos de *yōkan*.

Se me emborronó la luz de las farolas. Me enjugué los ojos con las mangas.

La disentería se había cobrado más de veinte mil víctimas tras la guerra. Fue un auténtico milagro que no falleciera ningún niño de la escuela.

Unos días antes de que la escuela volviera a abrir sus puertas, supe que la asociación de padres y madres había convocado una reunión de urgencia. Al parecer, la iniciativa había partido de los señores Sakaida. El día acordado, me dirigí cabizbaja y mohína al centro social en el que iba a celebrarse el encuentro.

Me sentía culpable del incidente de la disentería y preveía una reunión tensa y desagradable.

Aun compartiendo los mismos propósitos —mirar por el bien de los niños—, una no congeniaba necesariamente con todos los padres. Trataba de no manifestar mis filias y fobias, y mantenía en la medida de lo posible una actitud neutral y cordial con todos; pero los Sakaida se me atragantaban.

La señora Sakaida era una mujer de fuerte complexión y carácter que claramente mandaba más que su marido, un hombre reservado y de baja estatura. Ella era una conocida empresaria de éxito del área de Aratano, el cerebro del boyante negocio publicitario que gestionaba el matrimonio en aquel momento. Su indumentaria vistosa recordaba a un pájaro tropical, hablaba por los codos y no paraba quieta un segundo. Gustaba de aderezar sus opiniones y acciones con detalles intelectualoides y repetía frecuentemente, como una muletilla: «Lo que aprendí en el instituto femenino…», antes de pasar a exponer sus argumentos. Recurría con asiduidad a supuestas teorías pedagógicas y discutir con ella no debía de ser plato de buen gusto para nadie. Además, yo detectaba indicios en su manera de decirme ciertas cosas de que le debía de parecer una joven sin experiencia que necesitaba que la guiaran e instruyeran.

Contaba que ella misma les enseñaba a leer y a escribir a sus hijos y me hacía sentir incómoda cada vez que sugería que formara a los niños con las *Anacletas* de Confucio. Yo soy de las que piensan que el aprendizaje a través de los libros y otras formas académicas debe ser posterior a un conocimiento básico del mundo que se adquiere a través del juego, a lo que ella solía replicar con comentarios como «Veo que le gusta el método Montessori», acompañados de risitas que me amargaban el día.

No cabía un alfiler en la sala del centro social habilitada para la reunión. Todos los padres y madres estaban sentados en varias filas de sillas. Me coloqué frente a la primera fila y saludé a los presentes con una reverencia profunda.

A saber los reproches que me dirigirían. Quizá me echasen, directamente. Si eso ocurría, me habría gustado seguir un tiempo más viendo cómo crecían los niños, al menos hasta que los mayores empezaran primaria.

Mariko saltaba cada vez mejor a la comba. Takeru aprendió a hacer el giro en la barra fija y estaba orgullosísimo de ello. Ren se había convertido en un experto dibujante de trenes… Mi mente evocó sus rostros uno tras otro.

—En primer lugar, quiero disculparme por la enorme preocupación que les ha ocasionado mi descuido en relación con el contagio de disentería entre los niños. Aunque, por suerte, no ha habido que lamentar ninguna desgracia, soy consciente de la gravedad del asunto y estoy dispuesta a asumir toda mi responsabilidad en el incidente. Lo siento muchísimo.

La sala quedó en silencio. Había agachado profundamente la cabeza y me daba miedo levantarla.

Habló la señora Sakaida:

—Profesora, puede alzar su rostro, ya es suficiente. Todos los padres le estamos muy agradecidos por su encomiable labor con los niños. Pero hoy no hemos convocado esta reunión para hablar de eso. Estamos aquí para que reflexionemos todos juntos —dijo mirando a la concurrencia y preguntó—: ¿Qué les parecería si de pronto alguien les robase mil yenes de sus carteras?

La gente no parecía entender muy bien adónde quería llegar la señora Sakaida con aquella pregunta y siguió observándola en silencio con cara confundida.

La señora Sakaida paseó tranquilamente la mirada por toda la sala y asintió con la cabeza.

—Se sentirían muy molestos, ¿no es así? Lógico. A nadie le gusta que le roben.

Después de la disentería, ¿ahora un robo? Mi angustia se disparó.

La señora Sakaida continuó:

—Si ustedes supieran que alguno de los aquí presentes es un ladrón, ¿qué dirían?

Silencio sepulcral.

—Profesora.

—S… ¿sí? —tartajeé, y me salió un gallo.

—Profesora Mishima, usted aún no ha cobrado la nómina íntegra de mayo y de la de junio no ha visto todavía un solo yen. Siempre se le paga tarde y de forma fraccionada. ¿No es cierto?

—Oh, bueno… eso… me da… un poco igual. Con que me paguen cuando haya dinero estoy más que satisfecha. No me importan mucho los retrasos.

Estaba tan desorientada que no sabía muy bien lo que estaba diciendo.

—Profesora… —dijo la señora Sakaida con voz gélida y mirándome amenazante—: ¿no se está confundiendo?

—¿Confundirme? ¿Yo? No, bueno, no sé… La nómina es algo que… tampoco…

—Escúcheme con atención, profesora. Usted no está cobrando como debe ni todo lo que debería. Es como si alguien le estuviera robando dinero de su cartera. Explotación laboral. Un abuso en toda regla.

Empecé a transpirar. Era un sudor extraño. ¿Qué significaba «explotación»? Transcurrieron unos instantes hasta que mi cerebro accedió al significado de la palabra.

—¿Explotación…? No, no; yo disfruto viendo cómo crecen los niños. Siento que crezco con ellos y me encanta.

—Aquí hay personas que regentan pescaderías, establecimientos de venta de tofu y muchos otros negocios. Y en todos ellos, el dinero se obtiene a cambio de la entrega de un producto. Lógico. ¿Acaso su trabajo en la escuela debería ser diferente? ¿O es que la atención y el cuidado de los niños no necesita retribución alguna?

—Pero... sé que no todos ustedes tienen la misma facilidad para pagar las cuotas.

—Quienes no pueden, no pueden. Qué remedio. Pero no por eso la falta de seriedad en el pago de su nómina deja de ser un asunto de máxima gravedad. Esta escuela no dispone de un espacio físico en el que desarrollar su actividad de forma regular ni está pagando debidamente a la profesora que atiende y forma a nuestros hijos. ¡Se nos debería caer la cara de vergüenza a todos los padres y madres!

La bronca de la señora Sakaida me dejó boquiabierta. Sentí que se me nublaba la vista.

—Oh, no, por favor..., ¡no se preocupen por mí!

—Déjese de remilgos, profesora —dijo aún más fríamente—. Usted dice que esta situación no le importa; pero ¿pensará lo mismo quien la suceda? Su dedicación y esfuerzo son realmente dignos de alabanza. Pero ¿cree que esto ayudará en algo al desarrollo profesional de quien la reemplace en el futuro? ¿Piensa que es beneficioso para la dignidad de la educación infantil como profesión especializada?

—El silencio era casi terrorífico—. En adelante, ruego a todas las familias el pago puntual de las cuotas de escolarización. Y otra cosa más.

Se oyó un fuerte ¡pum! La señora Sakaida había dado un pisotón contra el suelo. Miró a los asistentes y añadió:

—Necesitamos un edificio para nuestra escuela infantil.

De pronto, bulleron los murmullos en la sala. Se escuchaban comentarios poco favorables a la propuesta: «¿De dónde vamos a sacar el dinero?» o «¡Nosotros no tenemos margen para pagar nada más!». La mayoría de las familias se las veía y se las deseaba para llegar a fin de mes. Parecía poco realista sugerir una aportación extraordinaria para lo que fuera.

—Por favor, escuchen mi planteamiento —dijo la señora Sakaida extendiendo la cartulina que traía enrollada en la mano.

PROYECTO DE RECAUDACIÓN DE FONDOS PARA EL EDIFICIO ESCOLAR: FIESTA DE LA CERVEZA Y MERCADILLO NOCTURNO.

—Se puede trabajar aunque no se tenga dinero. Cada familia contribuiría con mano de obra para lograrlo. Las cosas que no se estén utilizando en casa pueden venderse en el mercadillo. Ruego su colaboración.

Hubo un murmullo general. ¿Trabajar más cuando ya llegaban derrengados a casa? ¡No tenían ganas ni de pensarlo!

—¡Silencio, por favor! —levantó la voz la señora Sakaida—. ¿De verdad creen que podemos seguir sin edificio para la escuela, con los niños en la calle todo el día, yendo siempre de un lado para otro? Como mínimo necesitamos un lugar cerrado que los proteja de la lluvia y el viento. ¡Es por nuestros hijos, señoras y señores! ¿Tengo razón o no tengo razón, profesora Mishima? —dijo poniéndome de pronto en el disparadero.

—Oh, sí, claro; si un evento así puede contribuir a la mejora de la escuela y de la situación de los niños, cuente conmigo. Estaré encantada de participar. Los niños son nuestro tesoro más preciado. Todo lo que sea bueno para ellos es bienvenido.

Los inicialmente dispersos focos de aplausos se convirtieron en una reacción general y uniforme. Yo seguía con la cabeza gacha.

A la salida del acto, me acerqué a la señora Sakaida.

—Oiga. Muchísimas gracias.

—No tiene que agradecerme nada. No lo he dicho para defenderla a usted en particular. Solo pienso que lo que lógicamente hay que pagar hay que pagarlo. Punto final. Es elemental en cualquier actividad económica.

Desde luego, qué complicada era aquella mujer; pero eso no aminoró mi alegría.

Después me miró y dijo antes de marcharse:

—Pero es que vivir sin jugárnosla cuando merece la pena hacerlo... ¡Menudo aburrimiento!

A partir de aquel día, comenzaron a ingresarme la nómina íntegra y sin apenas demora. Encima, me subieron el sueldo. Me sentí muy agradecida. Por fin, pude comprarme un nuevo paraguas.

No descarto que el sermón de la señora Sakaida transformara la imagen de la docencia infantil entre los padres y madres de la escuela. Aunque sí que creo que afectó a mi conciencia profesional.

La fiesta estaba ya muy animada cuando se encendieron las luces en el solar del recinto del santuario sintoísta. Había cola delante del carrito de los helados.

—¡Lléname el cucurucho entero! —le decía al heladero el niño que la encabezaba.

Este, con una cinta anudada en la cabeza, abrió la tapa redonda del gran tarro de plástico, lleno de un helado del color de la yema de huevo que estimulaba el apetito. Seguidamente, cogió la cuchara de media esfera para servir helado y colocó la bola en un cucurucho.

—Ten cuidado, que no se te caiga —le contestó entregándole el helado al niño.

El hombre me vio y dijo riendo:

—¿Le pongo uno, profesora?

Era un vecino del barrio que se había ofrecido a colaborar en la fiesta organizada para recaudar fondos.

¡Chsss!, hizo la carne de cerdo en la plancha caliente en el puesto contiguo. Un olor apetitoso comenzó a flotar en el ambiente. Algunos padres que cocinaban en equipo agregaron repollo trinchado en la misma plancha. Los niños, seguramente atraídos por el buen olor, se apelotonaron impacientes delante de la plancha esperando con ansia el *yakisoba*. Los cocineros soltaron los fideos sobre la mezcla, lo saltearon todo bien y remataron la faena echándole alga azul *aonori* y un gran chorro de salsa especial. A esas alturas, ya había formada una larga hilera delante del puesto.

En otra parte del solar estaba el mercadillo. La ropa de niño remendada por madres expertas en costura se vendía de maravilla.

El evento estaba siendo un auténtico éxito. «¡*Yakitori*! ¡Prueben nuestras brochetas de pollo!», gritaban unos; «¡Cerveza, cervecita fría!», voceaban otros.

La gente del barrio comenzó a llegar a la fiesta, como insectos atraídos por la luz, y brindaba con cerveza. Al lado de un corrillo de adultos en animada charla, unos niños comprobaban si estaba premiado el boleto que acompañaba a las galletas de arroz que habían comprado. Y la caja de donaciones instalada en un rincón de aquel espacio se iba llenando de dinero.

Aunque el éxito del evento fue innegable, la cantidad recaudada no daba ni de lejos para la construcción del edificio de la escuela infantil. A la sazón, Japón padecía grandes problemas de suministro de madera y de otros materiales de construcción. Acudir al mercado negro constituía una posibilidad, pero sus precios eran prohibitivos. Y lo cierto era que ni siquiera disponíamos del terreno sobre el que construirlo, mucho más caro que el edificio.

Hirasaka y Hatsue estaban sentados en el banco de un pequeño parque. Una cigarra comenzó a cantar y otras la siguieron. Aquellos insectos pasaban la mayor parte de su vida bajo tierra y, cuando salían a la superficie, morían al poco tiempo sin volver a conocer otro verano. Ellas no debían de ser conscientes de la brevedad de su existencia al aire libre, pensó Hatsue. Pero la realidad era que su vida no se alejaba demasiado de la de esos insectos, en el sentido de que, al echar la vista atrás, tenía la sensación de que todo parecía haber sucedido en un abrir y cerrar de ojos. Hatsue se miró las manos.

Hirasaka parecía interesado en conocer el desenlace de su relato.

—O sea, que la fiesta no fue suficiente para reunir todo el dinero que necesitaban.

—Así es. En un día, imposible. Eso lo sabíamos de antemano. Pero es que, además, en aquel entonces, los precios de los materiales estaban por las nubes. Entendimos que, tal como estaban las cosas, no teníamos más remedio que renunciar a la construcción de un edificio para la escuela.

—Claro… Qué pena.

El rostro de Hirasaka se ensombreció.

—Pero —Hatsue se puso de pie y la cámara que llevaba colgada al cuello osciló con un vaivén— ahora vas a ver lo que pasó. Venga, levántate, que ya llega.

Soplaba un viento tibio en la ribera. Hatsue oteaba por encima del malecón haciendo visera con una mano sobre los ojos.

—Ahí viene. Míralo, allí.

«¡Ea, ea, ea!», decían las voces al ritmo de los tambores; ¡dom, dom, dom!, se escuchaba con el griterío de los niños de fondo.

Empezó a verse a personas tirando de una gruesa cuerda, remolcando algo que parecía una carroza de feria.

Pero no, era un gran autobús.

Todos tiraban de la misma cuerda. Madres con sus bebés a cuestas, padres con el mono de trabajo, mujeres remangadas en *kappōgi*… Personas variopintas, vestidas cada una a su manera, arrastraban la cuerda como si les fuera la vida en ello. Los niños mayores también ayudaban y los más pequeños los animaban dando voces desde el borde del camino. Mujeres menudas con la cara colorada del esfuerzo inclinaban sus cuerpos para ganar fuerza con su peso.

—¡Mira, allí estoy yo apretando los dientes! ¡Estoy roja como un tomate!

Los golpes de tambor eran cada vez más nítidos y potentes. ¡Dom, dom, dom!

—Nos fue imposible construir o adquirir algún edificio para la escuela, pero sí pudimos comprar un autobús municipal que iba a ser desguazado y logramos alquilar un terreno en la zona baja del malecón para instalarlo.

De pronto, el cielo se oscureció por los extremos, poblándose densamente de nubes.

Comenzaron a caer las primeras gotas de lluvia. Era la clásica tormenta de verano. Hatsue, que contemplaba arrobada el autobús, sintió el impacto de las chispas en su cuerpo. Pensó que la cámara no debía mojarse y se la metió debajo de la ropa. De pronto, dejó de notar el agua en su piel y creyó que amainaba; pero inmediatamente se dio cuenta de que Hirasaka había sacado su paraguas plegable y lo había abierto sobre sus cabezas. «Mi último paraguas compartido va a ser con este jovenzuelo», pensó Hatsue.

—El autobús estaba averiado y no se podía traer conduciéndolo. Lo normal hubiera sido remolcarlo con una grúa, pero tampoco teníamos dinero para eso. Así que no nos quedó otra que traerlo a rastras entre todos.

Las gotas de lluvia repiqueteaban en la tela del paraguas cada vez con más fuerza.

Alguien preguntó en voz alta:

—¡¿Qué hacemos, profesora?!

—¡Son solo unos metros más! ¡Vamos a llevarlo hasta el final! ¡Ánimo! —resonó la voz de una mujer.

En aquel momento caía un chaparrón, pero nadie soltó la cuerda. Echaron el resto para arrastrar el autobús hasta la ubicación prevista. En el último tramo, justo antes de alcanzar el terreno alquilado, había una pequeña cuesta que se tardó más de la cuenta en superar. Todos estaban mojados y cubiertos de barro. Ya solo quedaban los últimos ajustes para colocar el bus exactamente como habían acordado.

Debía ser una lluvia pasajera porque el cielo comenzó a abrirse por doquier.

—Así fue como inauguramos la escuela infantil en el autobús. Y yo fui su primera directora. —Los rayos de sol vertían su luz en diagonal por entre las nubes—. Aunque ahora, después de setenta años, aquel autobús se ha convertido felizmente en un edificio de hormigón armado de tres plantas.

La joven directora de la escuela infantil, Hatsue Mishima, se plantó delante del vehículo.

—¡Hemos completado la instalación de nuestra escuela infantil! ¡Muchísimas gracias a todos!

La gente rodeó el autobús y lanzó vítores. Los niños saltaban sonrientes en los charcos y correteaban por todos lados. En circunstancias normales, quizá los padres los habrían reprendido por mojarse y ensuciarse de aquella manera; pero estaban ya todos empapados cuando la fiesta comenzó.

—Están todos calados y perdidos de barro. ¡Mírame, toda sudada y manchada! —dijo levantando la cámara y colocándola para hacer una foto—. Pero tengo una cara de felicidad que se contagia.

Encuadró en el visor de la cámara el autobús y a todos los allí presentes. Se enjugó los ojos con la manga y le preguntó a Hirasaka:

—¿Este era el disparador?

—Sí, ese botón —respondió Hirasaka señalándolo.

Hatsue acarició la pequeña protuberancia con la yema del índice. Pulsó el disparador a medias y la cámara enfocó automáticamente.

¡Clic!, hizo la Canon Autoboy.

La lluvia cesó. Hatsue caminaba tranquilamente por la parte alta del malecón. Una rana se cruzó en su camino, saltando de entre la hierba cubierta de pequeñas gotas de lluvia que crecía en el margen. Fue tan solo un instante, pero le dio la impresión de que el animalito se fijaba en ella. Al momento, volvió a saltar y se perdió entre la maleza.

Soplaba un viento plácido y reconfortante.

Hirasaka hizo un gesto como diciendo que ya iba siendo hora de regresar.

—Oye, si no te importa, y ya que estamos, ¿por qué no nos quedamos paseando por aquí hasta que caiga la noche? —sugirió Hatsue.

La embargaba la melancolía. Sentía pena de despedirse para siempre de aquel viento, e incluso de la maleza.

Se divisaban a lo lejos las cuatro «chimeneas fantasma».

—Desde que la escuela comenzó a funcionar en el autobús, los días de lluvia eran un jolgorio total. Los asientos hacían de mesas y las asas colgantes de elementos de juego. Era un espacio estrecho, ¡pero estábamos tan felices de estar a cubierto! Aquel lugar parecía un sueño hecho realidad y estábamos contentísimos con nuestro autobús-escuela.

Hatsue entornó los ojos y continuó:

—Comenzamos a organizar con cierta frecuencia fiestas y mercadillos durante el curso escolar. Incluso llegó a formarse una especie de club de costura y la gente quedaba para arreglar ropa en grupo. Ahorramos poco a poco con la ayuda de esos proyectos y, al cabo de un tiempo, pasamos del autobús a una construcción de madera.

—El edificio de madera soñado y largamente esperado. Me parece una historia maravillosa.

—Tenía incluso una especie de salón de actos que multiplicó la variedad de juegos que podíamos practicar en interiores. Después de aquello, yo comencé a ansiar un piano.

—Un piano, ¿eh?

—Pero eran carísimos incluso entonces. Así que todos lo dábamos casi por imposible, al menos, durante unos años.

—Claro...

—Por supuesto, íbamos ahorrando para el instrumento. El caso es que, un día, vimos un nombre en la lista de donantes para el piano. ¿Te imaginas de quién?

Hirasaka se quedó pensando, pero no daba con la respuesta y Hatsue se lo dijo:

—La señora Hisano.

—¿La mujer que les mandaba callar con aquellas notitas y maniobró para echarlos de aquel cuarto?

—Exactamente. Quién sabe si se sentía culpable y quiso redimirse de sus pecados o algo así; el caso es que más tarde me enteré de que ella estuvo negociando con una tienda de música para que nos vendieran a precio de saldo el mejor piano que tenían en el catálogo. A lo mejor iba con segundas y esperaba que aquel instrumento me ayudara a no desafinar cuando cantaba.

Miraron al río y vieron una barca que navegaba corriente abajo dejando estelas en el agua a su paso. Las pequeñas olas brillaban y reflejaban el sol del atardecer. Siguieron contemplando los reflejos de la luz hasta que el agua quedó en calma.

Sintió una leve conmoción antes de percatarse de que estaba de vuelta en la habitación blanca del estudio de fotografía. La puerta a su espalda estaba cerrada.

—Señora Hatsue, por favor, seleccione las fotografías que quedan. Yo voy a empezar con el revelado.

La estancia contigua al almacén de equipos fotográficos debía de ser el cuarto oscuro. Cuando Hirasaka abrió la puerta, pudo apreciar un habitáculo de aproximadamente siete metros cuadrados con luces rojas y aparatos que nunca había visto.

—Luego le explico lo que hay en este cuarto —dijo Hirasaka.

Hatsue se sorprendió.

—¿Un cuarto oscuro? Pensaba que ahora las fotos... Bueno, es que no entiendo nada de esto, pero creía que el revelado era ya un proceso automático; quiero decir, que pensaba que había máquinas que se encargaban de la tarea. Pero me estás diciendo que lo vas a hacer tú manualmente, ¿no?

—Así es. Es cierto que existen máquinas de revelado e impresoras, pero...

Hirasaka dejó la frase a medias en un tono enigmático y se quedó callado. Parecía estar pensando en cómo continuar.

Hatsue le preguntó si lo hacía así porque le divertía e Hirasaka le respondió con una sonrisa que, efectivamente, era porque le gustaba.

Hatsue retomó la selección de las fotografías amontonadas sobre la mesa. Todas le decían más de lo que reflejaba la pura imagen y le despertaban sentimientos de nostalgia. Pero hizo un esfuerzo por elegir las que más le enternecían.

La fotografía de cuando se construyó el primer edificio de madera de la escuela y la del primer árbol que se plantó en su jardín, tan raquítico y endeble. La estampa de la decoración de la ceremonia de fin de curso y el hermoso y rutilante piano. Tenía que descartar muchas imágenes, pero todas eran, sin excepción, recuerdos preciosos que configuraban su ser.

Al rato, Hirasaka la avisó:

—Señora Hatsue, he terminado de secar los negativos. ¿Quiere ver el de las fotos que hizo antes?

Hatsue entró en el cuarto oscuro.

En aquel espacio flotaba un olor peculiar, como a productos químicos.

Hirasaka estaba cortando los negativos colgados del techo. Eran negativos en varias tintas con los colores invertidos, lo que hacía difícil saber si eran buenas fotos.

Vio en el fregadero dos líquidos en sendas cubetas cuadradas y planas de lo que parecía una mezcla de rojo y granate, por un lado, y morado por otro. Junto a esto, había un plato sobre el que caía un chorro muy fino de agua.

—Voy a revelar el negativo para que tenga una muestra de todos los fotogramas de las imágenes que ha tomado y pueda elegir la que más le guste. Si lo desea, puede quedarse aquí viendo el proceso. Como hemos utilizado un negativo en color, el cuarto deberá quedar completamente a oscuras. Deme un segundo.

Hatsue se colocó al lado de Hirasaka. Se apagaron todas las luces y el cuarto quedó sumido en la tinieblas.

Instantes después, una máquina emitió un fogonazo de luz.

—Disculpe la oscuridad, pero le ruego paciencia. El proceso es el siguiente: se sumerge el papel fotográfico en el revelador; después, se pasa por el fijador y, finalmente, se aclara con agua.

Notó que Hirasaka se movía en las sombras. Parecía que estaba sumergiendo el papel en el extraño líquido que había visto antes. Percibía leves indicios de sus movimientos.

—Ya está —dijo Hirasaka.

Se encendió la luz y Hatsue parpadeó. Cuando recuperó la visión, distinguió un papel flotando en agua y dentro todos los fotogramas del negativo dispuestos en perfecto orden.

—¡Oh, ahí están! —exclamó feliz.

—Voy a secarlo para que escoja la que más le guste.

Entonces pudo contemplar mejor las imágenes sobre el papel secado mecánicamente.

—¿Cuál elijo...? —murmuró examinándolas con la ayuda de una lupa especial. Al final, señaló una de ellas con un dedo y dijo—: Creo que voy a elegir esta.

—Lo sabía —dijo Hirasaka asintiendo.

Era la estampa en la que los padres y los alumnos de la escuela infantil y ella sonreían delante del autobús recién instalado.

—Vamos a ampliar este fotograma.

Hatsue volvió a colocarse al lado de Hirasaka y fue indicándole sus preferencias acerca de la intensidad del color, el tono del rojo en ciertas partes de la imagen, etcétera, mientras este hacía con exactitud lo que se le pedía.

—Me facilita mucho el trabajo que sea tan precisa con sus preferencias —le agradeció Hirasaka.

Los papeles fotográficos descartados se amontonaban.

—¿No estamos abusando del papel? Me parece que desperdiciamos demasiados.

—Para nada —repuso Hirasaka tajante, negando con la cabeza—. Es un proceso necesario para conseguir la mejor imagen. No puede escatimarse en papeles fotográficos. Aquí el único criterio que debe prevalecer es el de lograr la imagen perfecta. No debe transigirse con consideraciones espurias.

Cuando se obtuvo la imagen a la que no cabía poner un solo pero, se había establecido una camaradería singular entre ellos.

Hatsue se quedó prendada de la fotografía.

El sol de la tarde lanzaba sus rayos luminosos por los claros abiertos entre las nubes. La carrocería mojada del autobús ubicado en el centro de la imagen reflejaba la luz y lo hacía brillar. Las gotas de agua presentes en los cristales de las ventanillas atestiguaban la intensidad de la lluvia. Ella estaba de pie delante del vehículo, con una expresión relajada y feliz, despojada de toda la tensión acumulada tras ejecutar la reverencia de agradecimiento. Tenía un aspecto lamentable, con el pelo aplastado y pegado al cráneo y la ropa empapada, pero su sonrisa era quizá la mejor de su vida. Los padres y madres de los alumnos la secundaban a ambos lados. Varias madres aparecían ataviadas con *kappōgi* y remangadas. El padre de Mii-chan mostraba sus vigorosos brazos a la cámara. En un extremo aparecía la señora Sakaida con su siempre llamativa indumentaria, incluso en aquella ocasión. Saltaba a la vista la alegría desbordante de los allí presentes. Se veía a los niños correteando, alborotando y salpicando agua.

—Muchas gracias. Me siento muy feliz de que mi última fotografía haya quedado tan bien.

—Me alegro de haberle sido de ayuda —dijo Hirasaka asintiendo con un timbre de orgullo.

Después, Hatsue siguió durante largo rato escogiendo

las noventa y dos fotografías para la linterna giratoria. Pasó mucho tiempo dedicada a la tarea. ¿Cuánto llevaba eligiendo fotos? Era como si allí se nublara su sentido del transcurrir de las horas. No había día ni noche, nada hacía notar el paso del tiempo y tampoco sentía sueño, así que estaba perdida en ese sentido. Descansaba de vez en cuando tomando té, charlaba de cualquier cosa con Hirasaka y volvía a enfrascarse en la tarea.

Por fin llegó a la última foto. La observó con interés. Estaba tumbada en la cama del hospital, rodeada por su hermana pequeña y sus sobrinos, que vivían cerca del hospital y que habían ido a verla. Ella no era una mujer corpulenta, pero le dio la impresión de que su cuerpo se había jibarizado, como un globo que se hubiese desinflado. Su hermana le tenía cogida la mano y sus sobrinos se enjugaban los ojos con pañuelos.

Contó las fotografías que había seleccionado: noventa, noventa y una, noventa y dos..., y comprobó que no faltaba ni sobraba ninguna.

Hirasaka observó el fajo de las noventa y dos fotografías y comentó que daba gusto hacer una linterna giratoria con tantas. Hatsue vio que Hirasaka chequeaba una a una las fotos con una lupa en su mesa de trabajo.

—Qué envidia me da —musitó Hirasaka como hablando para sí.

Concluida la selección de las imágenes, él también parecía más relajado.

—Antes me preguntó por mi vida pasada, ¿verdad?

—Si no quieres contármela, no hace falta —repuso Hatsue.

—Es que... no me acuerdo de nada. Esa es la verdad.

Hirasaka vertió con mucho cuidado un líquido en un vaso de precipitados.

—¿Cómo que no te acuerdas?

—Lo normal es que la gente tenga, como usted, señora Hatsue, recuerdos y fotos de su vida. Incluso las personas que padecieron demencia y aparentemente habían perdido la memoria, cuando llegan aquí la recuperan y recuerdan lo que les sucedió en vida. Por supuesto, tienen sus fotos. Todo el mundo puede echar la vista atrás y revivir su pasado. En mi caso, sin embargo, no tenía nada. Ni recuerdos ni fotos. Al parecer, se produjo un error de algún tipo, y debió de ser un caso extremadamente raro, pero es lo que sucedió. Y llegué aquí como suspendido en la nada. Eso sí, traía una fotografía mía en la mano; pero no recuerdo dónde ni quién la tomó. Nada de nada.

Hatsue comprendió ahora la actitud reticente de Hirasaka cuando le había preguntado por su vida.

—¿Cómo era esa foto? Quizá haya alguna pista en el fondo. La indumentaria puede indicar la época en la que uno vive.

«Si Hirasaka fuera una mujer, el peinado y la ropa habrían constituido pistas valiosas para dilucidar detalles de su pasado», pensó Hatsue. ¿Seguro que no había nada aprovechable en la imagen?

—Eso mismo pensé yo, pero no pude saber ni recordar nada. Parece una foto tomada en algún monte, pero...

Hirasaka trajo la instantánea para mostrársela a Hatsue. Estaba enmarcada en un marco blanco. Hirasaka miraba sonriente a la cámara. Era una imagen en blanco y negro. Resultaba difícil saber dónde se hallaba. Los detalles del fondo eran imprecisos. Llevaba la misma ropa e idéntico peinado que en ese momento. Incluso la camisa blanca de cuello alto.

Hatsue no pudo identificar nada relevante. Se veía la parte superior de la cabeza de Hirasaka, por lo que quizá estuviera sentado, y el fotógrafo, medio agachado o inclinado hacia delante. No se podía saber más.

Le devolvió la fotografía a Hirasaka.

—Pero estoy casi segura de que tuviste una buena vida. Por la sonrisa que tienes en la foto, me costaría pensar lo contrario.

—¿Usted cree? —dijo mirando de soslayo a Hatsue mientras manipulaba una máquina—. Lo que parece claro es que no fui ninguna eminencia que hiciera un gran descubrimiento, ni un valeroso héroe que muriera salvando la vida de alguien, ni ningún reconocido dibujante de manga cuya pérdida lamentara la gente. No debí de ser nada de eso.

Hirasaka sonreía, como burlándose de sí mismo.

—¿Quién sabe? Yo no te recuerdo, pero eso no quiere decir nada. Bien pudiste haber sido un hombre notable.

Hirasaka repuso moviendo la cabeza a los lados:

—Qué va. He conocido y he hablado aquí con cientos, qué digo, miles y miles de personas; pero nadie, ni tan siquiera una, me ha reconocido. Si hubiese sido famoso por la razón que fuese, alguien hubiera dicho: «¡Oh, pero si usted es el señor bla, bla, bla!». Si hubiese triunfado en mi profesión, si hubiese sido socialmente brillante y hubiese tenido muchos amigos y conocidos, a alguien le tendría que sonar mi cara. Pero nada. Si hubiese sido muy aficionado a algo, tendría que haber sentido un mínimo cosquilleo en el alma cuando viera el objeto de mi afición o me hablasen de ello. Pero no. Estoy convencido de que llevé una vida aburrida y de lo más anodina, y que morí sin dejar rastro en el mundo ni en el recuerdo de nadie. No sorprendí ni para bien ni para mal. Una vida plana, roma, prescindible. Quizá debería sentirme afortunado de no recordar nada.

Hatsue no sabía qué decir.

—Pero —replicó elevando la voz sin querer— eso quiere decir que tampoco fuiste ningún asesino en serie ni un condenado a la pena capital por los terribles crímenes que cometiste. Y, oye, eso está bien.

Hirasaka pareció sonreír fugazmente.

—Visto así, tiene razón.

La máquina que manipulaba Hirasaka continuaba haciendo ruiditos. Siguió trabajando en silencio, mientras maniobraba con agilidad, hasta que dijo:

—De todos modos, le confieso que sigo manteniendo la ilusión de que, en alguna de estas despedidas, de pronto recuerde algo o me encuentre con alguien que me haya conocido bien.

—Si hubieses sido un alumno de nuestra escuela, te hubiese reconocido seguro porque me acuerdo perfectamente de todos y cada uno de ellos. Recuerdo incluso muchas de sus características: que si le gustaba jugar con los zancos de bambú, que si era rápido corriendo, etcétera, etcétera.

—Le agradezco sus amables palabras. Pero lo cierto es que no tengo ningún apego especial al mundo de los vivos, así que, en principio, me podría ir al otro mundo sin sentir ni padecer. Pero ¿sabe qué? No puedo evitar tener una sensación como de vacío, de tristeza. Me pregunto qué sentido tuvo mi vida, sin recuerdos y sin nadie que me recuerde. ¿Para qué demonios viví?

«El sentido de la vida, ¿eh?», pensó Hatsue.

Quizá en la vida llegaba siempre un momento en que una persona debía transmitir a otra su idea de esta, como un pequeño regalo íntimo, largamente madurado y pulido, aun sin que supiese si esa reflexión era cierta, buena o mala.

Ahora debía de ser ese momento.

—Son muchos los niños que pasaron por la escuela y levantaron el vuelo a la vida. Algunos tuvieron éxito socialmente; otros, no. Para mí, todas las vidas son sagradas sin importar el éxito o la fama logrados. Tesoros valiosos por sí mismos. Yo me alegro de corazón de que tú hayas sido la última persona con la que voy a hablar.

Hirasaka permaneció en silencio unos instantes, de espaldas a Hatsue. Parecía como si estuviera pensando algo.

—Muchísimas gracias. Me siento halagado por sus palabras. Yo me alegro de haberla conocido —dijo asintiendo ligeramente con la cabeza.

La linterna giratoria que construyó Hirasaka era una lámpara gigante, como una joya hecha de innumerables e intrincadas incrustaciones multicolores.

—Es preciosa —dijo Hatsue.

Cada uno de sus recuerdos parecía brillar con luz propia.

—Espero que disfrute de las imágenes que proyectará la linterna desde que comience a girar hasta que se detenga. Cuando finalice, usted partirá, definitivamente, al otro mundo. ¿Preparada? —dijo colocando su mano sobre la linterna—. Comenzamos.

Quién sabe cuál sería su mecanismo, el caso es que la linterna se iluminó y comenzó a girar, y la luz filtrada por las imágenes proyectaba brillos de mil colores.

Cero años: ella portada cual tesoro en brazos de sus padres, que la sostenían con gesto inseguro.

Un año: su madre en el saliente de la casa al jardín, tomando sol con el delantal puesto.

Dos años: ella, con su cabeza un poco inclinada, durmiendo plácidamente a hombros de su madre…

La linterna seguía girando. Todo marchaba sin sobresaltos. Parecía mentira. Seguían sin solución de continuidad momentos buenos y malos, épocas en las que nada salía a derechas, periodos en que todo iba bien. Recuerdos que prefería olvidar y experiencias preciosas que le reconfortaban el alma cada vez que las evocaba.

Veintiséis años: un poco avergonzada en el día de su boda. Había que reconocer que el *shiromuku*, el quimono blanco de novia, no le quedaba demasiado bien.

Se sucedían las instantáneas de su vida. Momentos únicos e irrepetibles.

Treinta y cuatro años: el recién construido edificio de la escuela infantil había estado a punto de ser engullido por una riada. Con el agua a la altura de las rodillas, entre unos cuantos levantaban el piano para colocarlo sobre una base.

—Sin lugar a dudas, los niños son nuestro tesoro más preciado. Si renaciera, me gustaría volver a ser profesora de escuela infantil.

—Rezaré para que así sea.

Los colores de la linterna pintaban también el rostro de Hirasaka, que permanecía de pie en un rincón de la habitación.

—Cuídate mucho. No te mates a trabajar —le dijo Hatsue.

—De acuerdo.

Hirasaka la miró y sonrió. Por un momento, pareció despojarse de la formalidad que lo caracterizaba y Hatsue se alegró de haber visto aquella sonrisa.

—Tampoco es que me vaya sin arrepentirme de nada ni dejando todo atado y bien atado; pero pienso que puedo darme razonablemente por satisfecha con mi vida. Me alegro de haber podido hablar contigo al final, Hirasaka.

—Lo mismo digo.

Hatsue se quedó callada unos instantes con la mirada clavada en la linterna giratoria.

—Que Hirasaka encuentre su paz —dijo.

A medida que frenaba la linterna, las imágenes parecieron acrecentar su colorido y nitidez a los ojos de Hatsue.

—Oh, esta es la última.

Era la fotografía de todos los miembros de la escuela sonriendo delante del autobús.

La luz se hizo más intensa y la conciencia de Hatsue se fue sumergiendo en ella.

La linterna se detuvo sin hacer el más mínimo ruido.

La luz redobló su potencia y envolvió la habitación con su blancura.

El cuerpo de Hatsue se fundió con la luz, y cuando el cuarto recuperó su iluminación inicial, Hatsue había desaparecido.

Hirasaka volvía a quedarse solo. Había estado registrando lo sucedido, delante de la linterna giratoria y con la ayuda de una pequeña fuente de luz que apenas iluminaba sus manos. Se sintió melancólico ante al artefacto inmóvil.

La linterna de Hatsue aún vertía una luz delicada sobre el suelo blanco, formando una compleja superposición de colores.

«Incluso en el último momento, estuvo más preocupada por los demás que por ella misma, como imagino que siempre hizo en su vida. Sus alumnos debieron de ser muy felices con ella. Estoy seguro de que se sintió satisfecha con la vida que llevó», pensó Hirasaka.

Había conocido a mucha gente que no aceptaba su muerte que, no obstante, cuando se daba cuenta de que no iba a poder salir de allí por mucho que lo intentase y que, de hecho, no existía ningún camino de vuelta al mundo de los vivos, se resignaba calmada y se resolvía a dar el siguiente paso. Hirasaka había venido lidiando pacientemente con la ira y la tristeza de los muertos.

En ocasiones, les decía palabras amables y cariñosas, prestaba sus oídos a la expresión de sus rencores y resentimientos durante horas, y se mostraba todo lo comprensivo que humanamente era capaz a los relatos lacrimosos acerca de sus arrepentimientos por lo que pudo haber sido y no fue. A veces, tan solo permanecía al lado de la persona que lloraba recordando a su familia. Hubo a quienes les estuvo acariciando la espalda todo el tiempo que fue necesario hasta que se recompusieron.

Al principio, Hirasaka solamente se dedicaba a adherir a las linternas giratorias muy sencillas las fotografías impresas de forma automática, sin siquiera retocarlas. Con el tiempo, aquel proceder mecánico, como si estuviera trabajando en una cadena de montaje sin escapatoria, comenzó a consumirlo por dentro. Sentía que algo empezaba a descarrilarse peligrosamente en su cabeza. La tarea en el cuarto oscuro era el único entretenimiento que Hirasaka había encontrado en aquel lugar.

A los pocos instantes de sumergir el papel fotográfico en la solución reveladora en la negrura del cuarto oscuro, la imagen emergía en la superficie del papel. Se recalcaban ciertos perfiles, se difuminaban algunos fondos o se destacaba la luz. Se trataba de lograr una fotografía hermosa, como una obra única e irrepetible. Lo sentía como un deber para con quienes marchaban al otro mundo mientras contemplaban la última estampa de su vida; pero también lo hacía por él.

Para poder continuar aquel camino que parecía infinito. Para no perder la cabeza.

Los muertos iban pasando, uno a uno, por su estudio de fotografía, compartiendo con él algunos de los momentos destacados de sus vidas.

¿Recuperaría la memoria algún día? ¿Se acordaría de algo en algún momento?

Hirasaka terminó de cumplimentar el formulario y se levantó. Decidió preparar café en la sala de estar y cogió el molinillo para triturar los granos.

Sin querer, su mirada se cruzó con la de su retrato: una imagen en blanco y negro en la que miraba sonriente a la cámara. La había contemplado miles de veces. Cerró los ojos.

¿A quién demonios sonreía? ¿Qué significaba esa foto? No lo sabía.

Hirasaka seguía esperando a alguien que lo conociera.

Cuando abriese los ojos, otro muerto llegaría a su estudio.

Así que decidió quedarse con ellos cerrados. Solo un ratito más. Se los tapó con las manos.

«Me caigo», pensó Hatsue.

Pero cuando abrió los ojos estaba de pie frente a la escuela infantil.

¿Que aquello no pareciera un sueño y que la escuela le siguiera preocupando hasta el último momento sería cosa de su carácter?

Había una chica de pie delante del edificio con unos zapatos de tacón que no eran de su talla. Vestía de traje y, con ademán tenso, miraba y remiraba su reloj de pulsera con el ceño fruncido. Parecía que se dirigía a una entrevista de trabajo. Hatsue supuso que iría al despacho de la directora.

La chica miró una nota que llevaba en la mano y masculló algo, como ensayando alguna frase que traía preparada.

—Soy Michi... Muchas gracias por concederme esta entrevista... La razón por la que he elegido este trabajo... Mis puntos fuertes son la paciencia, la perseverancia y...

Hatsue intentó comprobar si aquello que musitaba lo tenía anotado, pero la chica se sobresaltó cuando estuvo cerca de ella.

—Ah, oh, bue... ¡buenos días! —le dijo a Hatsue mirándola a la cara.

Era evidente que la veía.

—Oh, muy buenos días. ¿Eres la nueva profesora?

Pareció realmente desconcertada al oír aquello. Estaba muy tensa.

—Có... ¿cómo lo sabe? En efecto, vengo a la entrevista.

—Ahora, como puedes ver, soy una vieja, pero en tiempos fui profesora de esta escuela infantil.

La chica sonrió.

—¿Le... pareció... un trabajo duro?

—Sí, ya lo creo. Es un trabajo exigente. No se para en todo el día, acabas con la espalda hecha polvo..., en fin. Pero los niños son un amor y son divertidísimos. Todos los días parecen diferentes en este trabajo. Ya sabes que los niños son nuestro tesoro más preciado.

La chica asintió y se volvió hacia la escuela. A Hatsue le pareció que tenía una buena mirada, cargada de esperanza e ilusión, aunque se la notara algo preocupada.

—Tengo entendido que es una escuela que lleva mucho tiempo funcionando, ¿verdad?

Hatsue asintió con la cabeza. Le hubiera gustado contarle tantas cosas sobre aquella escuela... Pero se limitó a sonreír.

—Ánimo, profesora Michi. Te deseo lo mejor.

—¡Muchas gracias! ¿Pero cómo sabe...?

Debía de haberse vuelto invisible. La chica la buscaba por todos lados, pero no la veía e inclinaba la cabeza como extrañada por la súbita desaparición. Volvió a mirar el reloj de su muñeca y se dirigió rápidamente a la entrada.

Las voces de los niños resonaban en el cielo azul. Hatsue decidió echarle un vistazo al patio de la escuela antes de partir y siguió los pasos de la muchacha.

2
El Niño Rata y el héroe

El paisaje que se recortaba contra la ventana del estudio de fotografía estaba siempre en penumbra. Algún cliente le había dicho que debían de estar en el *ōmagatoki*, el instante crepuscular en que el día se transformaba en noche, el momento propicio para la aparición de los *yōkai* y otros espíritus.

Una sombra cruzó la ventana por fuera y, al instante, unos nudillos llamaron a la puerta: toc, toc, toc, toc, toc. Los golpes sonaron con su inconfundible y alegre soniquete.

—¡Reparto, reparto! ¿Estás ahí, Hirasaka?

Hirasaka fue a abrir preguntándose por qué ese tipo parecía siempre tan feliz.

Frente a la puerta lo esperaba Yama, con su sempiterno uniforme de repartidor. Llevaba la gorra calada al revés, también como siempre, y había venido empujando su inseparable carrito.

—Tu próximo cliente es un chico guapísimo.

—Ya estamos otra vez con tus mentirijillas. Solo alguien

longevo podría tener esa cantidad de fotos que traes ahí. Es un señor mayor, ¿no?

Hirasaka firmó la nota de entrega sonriendo amargamente.

—¡Me pillaste! Pues lamento comunicarte que este viene con una notita roja. Te deseo lo mejor porque me temo que es un cliente complicado. Ánimo, amigo.

De la carpeta que le mostró Yama sobresalía una nota roja.

Este apunte era un aviso —más bien una alerta— de que el cliente no había fallecido por enfermedad o de forma accidental, sino que lo había hecho por causas violentas, como el asesinato, el suicidio o cualquier otra circunstancia que implicara la voluntaria intervención humana como causa de la muerte.

Yama lo miraba con expectación. La situación parecía divertirlo.

—¿Murió… en una pelea?

—¡Biiip! ¡Error! No fue en una pelea.

«No es un juego de adivinanzas, maldita sea», pensó Hirasaka lanzando un suspiro.

Normalmente, para evitar prejuicios, Hirasaka procuraba no leer los informes de la vida de los muertos que llegaban a su estudio antes de conocerlos en persona. Le gustaba descubrir sus vidas a través de la comunicación directa con ellos, partiendo de cero. Eso facilitaba un conocimiento sin ideas preconcebidas, tipo «usted es así y por eso dice lo que dice», etcétera, que tamizaban las impresiones según el sesgo que impusiera el informe y se manifestaba sin pretenderlo en una especie de actitud de superioridad de quien dijera «yo ya te conozco bien», y que no contribuían a organizar una buena despedida.

Pero los que llegaban con la dichosa notita roja eran otro asunto, y en esos casos sí que prefería echarles al menos un vistazo rápido a los informes para, como mínimo, estar prevenido ante la más que probable exposición a relatos truculentos.

Yama leyó rápidamente el informe y anunció engolando la voz:

—La respuesta correcta es… ¡asesinado con arma blanca! Murió desangrado por la herida que le causó una *katana* que le clavaron por la espalda.

A Hirasaka le dieron ganas de echarse las manos a la cabeza. Menuda despedida le esperaba. Iba a ser un adiós de lo más accidentado. Por supuesto, sabía que los muertos no se presentaban allí ensangrentados, con el terrible aspecto de sus últimos instantes, sino con el físico de un tiempo atrás, de cuando aún estaban sanos y fuertes. En cualquier caso, era poco probable que alguien que había sufrido una muerte violenta hubiera tenido una vida apacible. Y recordar vidas así no solía ser plato de buen gusto para nadie. También le sorprendió que en los tiempos que corrían todavía hubiese gente asesinada con una *katana*.

—¿Cómo que con una *katana*? Este es un muerto reciente, ¿no?

—Sí, de ahora mismo.

—¿Es un miembro de la *yakuza* o algo así?

—¡Tiene toda la pinta!

Yama se colocó la carpeta bajo el brazo.

Hirasaka levantó la caja que este traía en su carrito para comprobar su peso.

—Sé que no viene a cuento preguntarte esto ahora, pero

¿hasta cuándo vas a seguir haciendo este trabajo, Yama? Llevas ya mucho tiempo, ¿no?

Yama ya estaba allí cuando Hirasaka se hizo cargo del estudio de fotografía. Parecía más bien joven a juzgar por las cosas que decía y por cómo se comportaba, pero... ¿cuánto tiempo llevaría allí? Él fue quien le explicó su cometido en el estudio: las normas que debía observar, la tarea encomendada y los pequeños trucos para organizar una buena despedida.

—A mí me gusta bastante este trabajo. Me divierte ir de aquí para allá repartiendo fotos —dijo.

Aunque Hirasaka no lo sabía con certeza porque no le estaba permitido salir de allí, debía de haber otros estudios de fotografía como el suyo. Imaginaba que en ellos también se organizaban despedidas para mandar a los muertos al otro mundo.

—Bueno, creo que voy a irme —dijo Yama volviendo a calarse la gorra—. Tengo varias entregas más. La verdad es que no paro un solo día. Tú tampoco, claro. Aunque aquí el tiempo no corre, ya sabes.

Yama agitó brevemente la mano en señal de despedida y se fue.

Hirasaka comenzó a ordenar la habitación para recibir al próximo cliente, asesinado con una *katana*, un tal Shohei Waniguchi. «Espero que todo salga bien. Que la despedida sea agradable y que las fotos queden bonitas», se dijo como siempre.

Y añadió un deseo más: «Ojalá pueda reencontrarme con mis recuerdos».

Waniguchi abrió los ojos.

Lo primero que vio al despertarse fue el rostro de un desconocido que esbozaba una sonrisa claramente forzada.

—Bienvenido —le dijo aquel tipo en tono almibarado.

Waniguchi se levantó de un salto, como un resorte. Hizo una finta mientras lanzaba su mirada a la derecha, le ganó la espalda rápidamente con un paso hábil hacia la izquierda y lo estranguló. Pan comido.

—¡¿Quién eres?! ¡¿Qué estás haciendo?! —susurró amenazante al oído de Hirasaka.

Waniguchi no titubeaba y era resolutivo. Despertarse en una habitación desconocida quería decir que alguien lo había secuestrado en contra de su voluntad, casi con toda seguridad bajo los efectos de algún potente narcótico. Nada que siguiera a aquel despertar podía ser favorable a sus intereses vitales. Lo torturarían, o quizá lo matasen para que sirviera de escarmiento. Tardó menos de un segundo en pensar en todo ello y en tomar una decisión. Los contraataques son más efectivos cuanto más rápidos sean.

El tipo al que mantenía estrangulado respiraba con mucha dificultad. Aflojó un poco los brazos.

—La violencia… no le servirá de nada aquí…

—¡Cállate o te reviento!

—Es que… estamos muertos… Yo y usted, quiero decir…

Waniguchi soltó los brazos un poco más. El hombre se zafó y se sentó de cuclillas en el suelo. Los contornos de sus hombros dibujaban una línea fina.

—A ver, explícate. ¿Qué quieres decir con que «estamos muertos»?

Waniguchi, que permanecía de pie, miró desde arriba a

Hirasaka y colocó su pie al lado de las manos de este para poder pisárselas en cuanto lo considerase necesario.

—Usted acaba de fallecer. Hace solo un momento. ¿No recuerda nada?

Claro que recordaba cosas. Y, ahora que se lo decía, lo primero que le venía a la mente podría haberlo matado.

Un tipo se le había abalanzado por la espalda e, inmediatamente, sintió como una breve pero intensa quemadura. No fue dolor lo que notó, sino calor. Vio la punta afilada de un arma blanca ensangrentada que le asomaba por el vientre. Enseguida supo que se trataba de una *katana*. Después, lo invadió un escalofrío que fue haciéndose cada vez más intenso.

—Ahora caigo. Me han matado con una *katana*, ¿a que sí?

El hombre que estaba agachado en el suelo se levantó masajeándose el cuello.

—Así es. Ha muerto hace un rato. Por eso está aquí conmigo.

Waniguchi se palpó el vientre, pero no sintió dolor ni vio sangre.

—¿Tú… eres Dios?

Sin apartar la mirada del tipo que acababa de ponerse de pie, pensó en qué sucedería si realmente fuera Dios y lo matase allí mismo, sin contemplaciones. Hirasaka pareció detectar su intención asesina y se alejó un poco mientras decía:

—No, no, no soy ningún dios. Soy un ser humano, como usted, señor Waniguchi. Y voy a ser su guía aquí. Pero le advierto que como siga agrediéndome, sucederá algo que no le va a gustar. Si eso llegase a ocurrir, no podrá continuar su viaje adonde se supone que debe ir. Esto se convertirá en un callejón sin salida para usted.

—¿Me estás amenazando?

Waniguchi lo agarró de la pechera y le lanzó una mirada feroz. Pero el hombre no pareció impresionado. Aquella expresión suya siempre había infundido miedo al más pintado; pero, curiosamente, con aquel tipo que no parecía un intrépido curtido en mil batallas no funcionaba. Sea como fuere, qué sentido tenía amenazarlo con hacerle daño si ya estaban muertos, pensó Waniguchi, y aceptó con resignación que allí eran inútiles los modos y maneras que lo habían hecho temible incluso entre los de su calaña en el mundo de los vivos.

Hirasaka se alisó la camisa cuando Waniguchi le soltó la pechera.

—Me llamo Hirasaka. Trabajo en este estudio de fotografía y mi cometido es, en esencia, facilitar el paso de los muertos que llegan aquí a la siguiente fase de su viaje.

—¿Adónde coño vamos?

—Digamos que al otro mundo.

—¡Ja! ¡¿Te crees que voy a irme al infierno como si tal cosa?!

Ya no recordaba la cantidad de delitos que había cometido, desde faltas leves a los crímenes más horribles. Había trabajado en un negocio en que la violencia era la moneda corriente y él la había ejercido con primor. Había cultivado el odio por doquier y quizá sus enemigos estuvieran ahora mismo celebrando su muerte por todo lo alto.

—Lo cierto es que solo tengo noticias de oídas del otro mundo. Nunca he estado ni lo he visto con mis ojos. Pero, hasta donde sé, no existe esa separación entre el cielo y el infierno de la que tanto se habla en el mundo de los vivos.

—Entonces ¿cómo está organizado todo?

—Bueno, bueno; de momento, tranquilícese y venga por aquí. —Hirasaka lo invitó a pasar al fondo del estudio de fotografía—. ¿Le apetece un café?

—¿Café? ¡No me jodas! ¡¿No tienes alcohol?!

—Claro que sí. Tenemos muchas bebidas.

A Waniguchi le gustaba el *bourbon*.

—¿Tienes Booker's?

—Por supuesto. Ahora le pongo una copa. Por favor, pase.

Waniguchi siguió a Hirasaka.

A pesar de que lo habían atravesado hacía poco con una espada, el Booker's fluyó como la seda por su garganta. Experimentó la sensación de siempre. Y, acto seguido, sintió el calor reconfortante en el estómago. El destilado se deslizaba como una niebla fina entre los bloques de hielo de la copa.

—¿No tienes algo para picar?

Hirasaka apareció inmediatamente con un plato de ternera seca. Waniguchi la masticó con los molares y notó cómo el gusto de la carne se extendía por toda la boca.

—Oye, te pido disculpas por lo que te hice antes. Venga, tómate una tú también.

—Muchas gracias. Acepto su invitación.

Sin cambiar apenas el gesto, Hirasaka tomó un buen sorbo de la copa que se había servido. Dio la impresión de estar acostumbrado a beber bebidas alcohólicas.

—O sea, que la he palmado.

Lo dijo en voz alta, como para reafirmarse, pero su condición de muerto aún le seguía pareciendo irreal. Lo cierto era que los sabores que percibía, las sensaciones que le causaba la bebida…, todo parecía idéntico a cuando estaba vivo.

—Lamentablemente, sí. Pero este es un estudio de fotografía que está a medio camino entre el mundo de los vivos y el más allá.

¿Un estudio de fotografía? Waniguchi no había pisado uno en la vida. Las únicas fotos con las que tenía cierta familiaridad eran las que le tomaban cada vez que lo llevaban preso, mirando de frente con gesto adusto y sujetando la placa con el número de recluso.

—¿Y qué mierda hago yo en un estudio de fotografía? ¿A qué viene esto?

Hirasaka le volvió a llenar la copa.

—Está aquí porque tiene que seleccionar las cuarenta y siete fotografías de los distintos momentos de su vida. Una por cada uno de los cuarenta y siete años que tiene.

—¿Elegir unas fotos? ¿Yo? Menuda gilipollez. Hazlo tú.

—Lo siento, pero las tiene que elegir usted. Si no, su visita aquí carece de sentido. Con las fotos que escoja, fabricaremos una linterna giratoria de su vida.

—¡Qué cojones…! ¿Y qué haces si llega un bebé que no sabe elegir nada?

Hirasaka pareció sorprendido por la pregunta. Bien podría suceder que llegasen personas incapaces de elegir las fotos. La pregunta tenía mucho sentido.

—En ese caso concreto, por ejemplo, lo cogería en brazos y buscaría la manera de que las seleccionara.

—¿Cómo sabrías que las está eligiendo?

—Daría por elegida la foto que intentase tocar con sus manitas o la que le hiciera sonreír al mostrársela.

«Bueno, podría ser», concedió Waniguchi, aunque no dijo nada. Pero le dio por pensar que algo fallaba en un mundo en que morían niños que ni siquiera podían elegir unas fotografías por sí mismos y, en cambio, un indeseable como él vivía a su aire cuarenta y siete años.

Hirasaka comenzó a detallarle el proceso de creación de la linterna giratoria. La explicación concluyó cuando Waniguchi, después de dar buena cuenta de la ternera seca que Hirasaka le había servido, le daba la vuelta a la bolsa para rebañar los restos.

—Y no me queda más remedio que elegir esas cuarenta y siete fotos.

—Así es.

—Y luego me quedo mirando las imágenes de la linterna y rememoro mi vida.

—Efectivamente.

—¡Menudo coñazo!

Hirasaka estuvo a punto de dejar escapar un suspiro, pero se contuvo contrayendo los labios y murmuró:

—Bueno, no se ponga así...

Para Waniguchi, la cosa estaba clara: él no tenía ni que haber existido. Su vida había sido una sucesión de desgracias, desde la fecundación del óvulo por el espermatozoide, pasando por la forma que tuvo su madre de educarlo, hasta el desarrollo posterior de su vida y su trágico final. No tuvo elección. No hubo elección. Todo sucedió como debía porque no podía ocurrir de otra manera. Por eso, no tenía el más mínimo interés en rememorar su vida. Se tocó la cicatriz que tenía en la mejilla derecha, consecuencia de otra agresión sufrida por arma blanca. Era una muesca antigua, pero su tacto se sentía diferente al del resto de su mejilla porque el navajazo le había arrancado la carne.

—Tenga en cuenta que no tiene adonde ir. Piénselo bien.

—¿No hay mujeres?

—Por supuesto que no.

Miró a Hirasaka sin mucho interés. Pensó que aquella situación habría sido más llevadera si este hubiera sido una mujer.

Hirasaka trenzó los dedos incómodo.

—Oiga...

—O sea, que si no elijo esas fotos, no puedo pasar a la siguiente fase.

—Exactamente —dijo Hirasaka un tanto aliviado.

—Venga, pues nada, tráelas aquí. Qué remedio. Las elegiré.

Y así, comenzó la selección de las imágenes de la vida de Waniguchi para la linterna giratoria.

A Waniguchi le sorprendió la cantidad de fotografías amontonadas encima de la mesa. Había una foto por cada día de su vida, nada menos, y muchas eran antiguas. En una de ellas se vio a sí mismo de niño, de pie delante de un apartamento cochambroso, y tuvo una extraña sensación. En ella no tenía la cicatriz en la mejilla ni los tatuajes que ahora le cubrían los hombros y la espalda. Era una observación estúpida, pero mantenía los dedos meñiques enteros, aún sin amputar. Parecía un chaval normal y corriente, aunque su mirada un tanto severa apuntaba maneras, o eso le pareció.

—Tengo que elegir de entre todas estas, ¿no?

—Sí —dijo Hirasaka asintiendo—. Lo que queremos es

que usted pueda rememorar su vida a través de las imágenes que proyecte la linterna giratoria.

—Me trae sin cuidado cómo haya sido mi vida.

No había hecho nada importante. Su vida carecía de interés, pensó.

—Sea como fuere, esas fotos son las pruebas que constatan su paso por el mundo, así que ruego su colaboración —dijo, y apuntó con el dedo a la estancia del fondo—: Fíjese un momento en esa habitación.

Era un habitáculo cuadrado y totalmente blanco. A Waniguchi le recordó una de esas salas de los psiquiátricos en las que encierran a los adictos a las drogas.

—Instalaremos la linterna giratoria ahí.

«Vale, vale, hombre», pensó mientras asentía con desgana. Alargó las manos para deshacer las pilas de fotografías.

—Joder, ¡qué es esto! —exclamó Waniguchi al ver una foto de sí mismo transportado en camilla con el vientre ensangrentado.

—Lo siento. Son todas las fotos de su vida y, claro, también está la del día en que falleció.

—No sé si debería decir esto, pero es muy desagradable, ¿eh?

En una esquina de la imagen aparecían unas zapatillas negras. «Las mismas de siempre», recordó Waniguchi. Claro, él también aparecía allí… como siempre.

—Aquí está —musitó Waniguchi.

Encontró enseguida la foto que buscaba. Unos ojos saltones, la boca pequeña, los dientes ligeramente salientes, bajito y encorvado. Era bastante cabezón, con un mentón pequeño y afilado. Tenía el pelo fino y ralo y las orejas grandes de soplillo. En definitiva, se mirase por donde se mirase, era el Niño Rata.

—¿Este chico es su hermano?

—Pero ¡qué dices! Este es uno al que llamábamos «Niño Rata».

—¿Ese era su apodo?

—No es solo porque se llamara Nezu Michio,* es que salta a la vista que parece una rata, ¿o no? Era un empleado nuestro. Nunca lo llamamos por su nombre. Desde el primer día fue el Niño Rata, y así se quedó. Era nuestro técnico de reparaciones. Un tipo muy peculiar, muy raro. Cuando hablabas con él parecía que lo estabas haciendo con un extraterrestre. Pero era una auténtica máquina haciendo su trabajo.

Waniguchi se quedó pensativo. Hablaba solo. «A ver si está la foto de aquel día…», dijo, y volvió a deshacer otro montón.

—¡Mírala, aquí está! Pero ¡¿qué…?! Parece borrada.

Se puso a despotricar. El centro de la foto estaba blanqueado como por un foco de luz y solo se veían los pies calzados de tres personas: unos zapatos de piel de serpiente, unas zapatillas de tela negras sin cordones y otros zapatos de niño.

Hirasaka se apresuró a explicarle:

—Las fotografías que se guardan y no se contemplan constantemente suelen conservarse mejor. Por el contrario, las que se miran y remiran con frecuencia pierden color o se estropean por puro efecto de la exposición. Lo mismo sucede con las cosas que recordamos.

* En Japón el apellido precede al nombre. El apellido Nezu y la primera sílaba («mora» en japonés) del nombre Michio, es decir, «Mi», forman la palabra *nezumi*, que significa «rata» o «ratón». *(N. del T.)*

—Joder, qué mierda —se quejó Waniguchi, y chascó la lengua.

Hirasaka dijo una cosa extraña:

—Pero no se preocupe. Podemos reproducir esta imagen.

—¿Cómo demonios vas a hacer eso?

—Podemos viajar en el tiempo al pasado y regresar al día en que se tomó esta foto para que pueda volver a sacarla. En el mismo lugar, a la misma hora y con la cámara que más le guste.

Volver al pasado. Al mismo lugar y al mismo momento.

—¿Qué le parece?

—Yo qué sé… —musitó Waniguchi con la mirada clavada en la foto del Niño Rata—. Tampoco es que pierda el culo por volver a ver a este tío.

—En ese caso, lo dejamos.

—Espera —dijo Waniguchi—. De perdidos al río. Ya que estamos y podemos hacerlo, venga, adelante. Que sea mi último recuerdo de este mundo.

Waniguchi apuntó con el dedo a la foto.

—Esta imagen es de la Nochebuena del año pasado. Estábamos en la oficina del taller, el Niño Rata, un crío al que atendimos y yo.

—De acuerdo —dijo Hirasaka tomando nota—. Tenemos todos los modelos de cámaras que han existido en el mundo. Si tiene alguna preferencia, dígamela. Acompáñeme.

Hirasaka se levantó y lo invitó a otra habitación.

—Este es el almacén de equipos fotográficos. Si no sabe nada de cámaras y no tiene ninguna preferencia, le puedo ir haciendo preguntas para encontrar la que más se ajuste a sus necesidades y le resulte más fácil de manejar.

—¿Cómo que «le resulte más fácil de manejar»? ¿Es que voy a hacer yo la foto? ¿Por qué no te encargas tú? —dijo Waniguchi quejumbroso.

—Ya verá como no es tan mala idea. Además, según las normas, la foto que se rehaga viajando al pasado solo la puede tomar usted.

Hirasaka abrió la puerta del almacén de equipos fotográficos mientras hablaba. Por el hueco Waniguchi pudo ver una habitación repleta de cámaras de todo tipo.

—En ese caso... —Waniguchi se cruzó de brazos y se quedó pensando—. Una Leica IIF con objetivo Elmar. El f/2.8 Elmar.

Hirasaka se sorprendió.

—Así que le gustan las cámaras. Es una afición preciosa.

—No, hombre, no —replicó Waniguchi—. Recuerdo esos nombres porque un día el Niño Rata vio esa combinación de cámara y objetivo y dijo: «Me encanta...». Me acuerdo por eso, no por nada más. Además, la tuvimos en nuestra tienda y la sacamos a subasta. Leica IIF y f/2.8 Elmar. Se me quedó grabado su comentario porque nunca antes había dicho nada parecido y me sorprendió.

—Es una combinación fantástica, se lo aseguro. Se la traigo ahora.

La Leica IIF que le llevó Hirasaka cabía limpiamente en la palma de la mano de Waniguchi. Su redondez y su peso invitaban a no soltarla nunca. Accionó la palanca de arrastre de la película y pulsó el disparador. Todo funcionó con una suavidad exquisita. Repitió la misma secuencia varias veces.

—No está mal.

Waniguchi pareció satisfecho con la cámara y Hirasaka respiró tranquilo.

Volvió a mirar a través del visor. Entonces, enfocó a Hirasaka para probar. La imagen doble de Hirasaka que miraba hacia la cámara se fundió en una.

—Oye, Hirasaka, cárgame un carrete —le dijo al tiempo que le entregaba la cámara.

—Ahora mismo.

Hirasaka recogió la Leica y comenzó a manipularla encima de la mesa de trabajo. Waniguchi se acercó para mirar lo que hacía y vio que recortaba un extremo de la película para cargarla en la cámara. Se acordó del Niño Rata haciendo lo mismo para probarla después de la reparación.

—No entiendo de aperturas del diafragma y esos detalles, así que cuando llegue el momento, te pido que calcules la distancia, ajustes el enfoque y todo eso para que yo no tenga más que mirar y disparar.

—Sí, claro.

Hirasaka asintió y terminó de cargar con cuidado el carrete.

—Venga por aquí —le dijo a Waniguchi, y se colocaron de pie uno al lado del otro delante de la puerta de entrada de la habitación blanca.

—Vamos a viajar en el tiempo. Llegaremos al alba del día 24 de diciembre del año pasado y permaneceremos en él hasta el amanecer del día siguiente. ¿Está preparado?

Waniguchi movió la cabeza afirmativamente.

—Entonces, iniciamos nuestro viaje a aquel día que pasó con el Señor Rata….

—Niño Rata.

—… con el Niño Rata, su técnico de reparaciones. En marcha.

Hirasaka abrió la puerta.

«¿Cómo? ¿Salimos a la calle?», pensó Waniguchi.

Cruzó la puerta y se encontró de pronto en pleno ajetreo matutino de Kitasenju. Se dio la vuelta, pero no vio ninguna puerta. El día apenas alboreaba y a Waniguchi le sorprendió la cantidad de gente que había en la calle. Quizá eran en su mayor parte personas que acudían al trabajo. Qué gente más abnegada. Le divirtió que los transeúntes con los que se cruzaba lo traspasaran como si no estuviera ahí y buscó intencionadamente chocar con ellos. Lo normal cuando él iba por la calle era que la gente se apartara de su camino, como un mar que se abría por la mitad, para evitar el más mínimo contacto con él, no fuera a ser que se metieran en problemas. Recordó las veces que se había divertido maliciosamente con las reacciones de pavor de algún despistado que se había tropezado con él por caminar absorto en su teléfono móvil. Pero ese día, sintiéndolo mucho, eso no iba a poder ser porque estaba muerto.

—Aquello sucedió un poco más tarde, no tan temprano. ¿Qué hacemos ahora? Porque no tenemos nada que hacer, ¿no?

—Le pido disculpas. Es tan difícil llegar en el instante preciso de los hechos que se ha establecido que lo hagamos por defecto a primera hora del día señalado, justo en el momento del amanecer. No obstante, recuerde que este será su último día en este mundo, así que procure disfrutar.

El edificio de la estación que se veía desde el paso elevado de Kitasenju estaba engalanado de colores navideños: verde, rojo, oro y plata. Un Papá Noel de plástico y nieve de algodón. Pero nadie parecía fijarse en aquella decoración. Todos caminaban decididos y sin distraerse hacia sus respectivos destinos. Hirasaka y Waniguchi se sentaron y contemplaron el gentío. Al rato, Waniguchi se tumbó en el suelo y estuvo mirándoles las bragas a las mujeres con falda, pero enseguida se aburrió.

—Venga, vamos a beber. No creo que haya otra cosa mejor que hacer.

—De acuerdo. Ahora lo traigo todo.

Hirasaka entró en un supermercado veinticuatro horas detrás de otros clientes. Waniguchi también los siguió. Le picaba la curiosidad saber cómo haría para comprar como todos los demás.

—La gente no nos ve, nos traspasa y ni siquiera podemos hablar con ellos. ¿Cómo vas a comprar algo?

Waniguchi no entendió muy bien la respuesta de Hirasaka.

—¿Sabía que las ofrendas en los altares tienen un significado muy concreto e importante aparte del que conocemos?

Había muchos tipos de cerveza en las estanterías. Hirasaka alargó el brazo para coger una.

—Ahora, nosotros no somos seres corpóreos. Digamos que solo somos alma. Por eso, nos concentramos muy bien en la forma de la lata y tratamos de extraer su contenido… —dijo abriendo la mano para asirla.

De pronto su extremidad dobló su contorno y se escindió en otra idéntica a la colocada en la estantería. Hirasaka cogió la lata duplicada. El embalaje navideño de esta también se había reproducido perfectamente.

—Aquí la tenemos —dijo Hirasaka.

Waniguchi lo intentó, pero no lo consiguió.

—No soy capaz. Coge estas también. Y esta otra —dijo,

y le señaló un vaso de sake, quesos y otros productos de picoteo. Hirasaka iba con los brazos cargados—. Es una pasada que nos podamos llevar esto delante de todo el mundo y que no nos digan nada.

—Le recuerdo que estamos muertos.

Hirasaka y Waniguchi decidieron degustar las bebidas y las viandas en medio de un paso elevado peatonal. Se sentaron el uno frente al otro y colocaron un plato de pollo en medio.

—Feliz Navidad —dijo Waniguchi.

—Fe… Feliz Navidad —reaccionó Hirasaka sorprendido por aquel inesperado brindis.

¡Pshup!, sonaron las latas al abrirse.

Estuvieron un rato en silencio tomando cada uno su cerveza mientras observaban a los transeúntes, que caminaban apresurados.

—¿Boniato frito y tarta de boniato? —preguntó Waniguchi riéndose por la elección de la tapa de Hirasaka, que le pareció muy del gusto de chicas adolescentes—. ¿Tanto te gusta el boniato? Pues es una mierda de aperitivo, qué quieres que te diga.

—Lo siento, pero es que quise coger también algo que me gustara a mí —repuso Hirasaka.

—Por cierto, tú también estás muerto, ¿no, Hirasaka? ¿Cuál fue la causa de tu muerte? ¿En un accidente? Porque debes de ser bastante joven.

Le había hecho la pregunta sin pensar demasiado, por decir algo, pero pareció incomodar a Hirasaka.

—Es que… no me acuerdo.

—¿Cómo que no te acuerdas?

Hirasaka le contó a Waniguchi que no recordaba nada

de su vida pasada ni conocía la causa de su muerte; que seguía ejerciendo su labor de guía en el estudio de fotografía con la esperanza de que algún día apareciera alguien que lo conociera; y que cuando llegó allí lo único que traía en la mano era una fotografía.

—¿Qué habrás sido...? No creo que fueses ningún artista ni alguien conocido. Desde luego, no recuerdo haberte visto en la tele. —Será que fue un tipo de lo más normal, como bien decía él mismo, anodino, sin nada destacable ni que llamara la atención de nadie, pensó—. Pero una cosa puedo asegurarte. En el mundo solo hay dos clases de personas: las capaces de ejercer la violencia y las que no. Punto final. Y tú eres de las segundas.

—¿Y eso... se ve?

—Pues claro. Yo he vivido mucho, amigo. Soy capaz de reconocer a la gente de un vistazo. A los chungos, también. Y tú... —Hirasaka miraba fijamente a Waniguchi, que encendió un cigarro— fuiste un tipo decente que murió decentemente. ¿Qué más quieres?

El humo del tabaco se disipaba en la atmósfera.

Siguieron otro rato en silencio contemplando la muchedumbre desde el paso elevado. Waniguchi miró a Hirasaka, que seguía callado, y le metió por las bravas en el bolsillo los dulces que habían sobrado.

—Anda, toma, quédatelos, que yo no los quiero.

Hirasaka reaccionó con una mueca de sonrisa difícil de interpretar.

—¿Sabe qué? —dijo al fin cambiando de tema—. Tengo curiosidad por conocer la historia de su técnico de reparaciones. Lo vamos a ver hoy, ¿no?

—Oh, sí. Ya lo verás. Madre mía, qué personaje.

Waniguchi comenzó a hablar y relató a Hirasaka la extraña historia del Niño Rata.

Podría estar hablando del Niño Rata horas y horas y no se me agotarían las anécdotas. Era un tipo rarísimo, único, irrepetible. Y mira que he conocido gente rara, ya lo creo, pero es que este tío era de otro planeta.

En los últimos años, estaba siendo cada vez más difícil cobrar mordidas a los comercios en los territorios que controlábamos y la pasma tenía monitorizados nuestros negocios, de tal forma que las pasábamos canutas para obtener beneficios. Y mis jefes decidieron que yo gestionara un negocio de venta de objetos de segunda mano reacondicionados. ¿Qué? No digas tonterías, yo no atendía a los clientes. Me dedicaba a gestionar en la sombra el verdadero propósito del chiringo. En internet, se anunció como una tienda de objetos de segunda mano; pero en realidad era la tapadera de un negocio de blanqueo de dinero. Los artículos que trajinaríamos, todo tipo de objetos usados, como cámaras, relojes, antiguallas, etcétera, serían, en la mayoría de los casos, mercancías sin precios de mercado definidos y sorprendentes en otros, así que, en principio, era la tapadera perfecta para mover grandes sumas de dinero sin levantar sospechas. En fin, que Reciclajes Andrómeda nació como una tienda online de objetos usados con taller de reparación.

El negocio empezó funcionando bastante bien. Pero como en realidad no reacondicionábamos ningún artículo y dado que si nos llegaba una inspección y veían que no hacíamos lo que anunciábamos podríamos meternos en un lío, decidimos contratar a un técnico que supiera arreglar cosas, al menos, para que de cara a la galería todo estuviera en orden.

Empezamos a buscar candidatos. Pero los que eran mínimamente avispados, cuando entraban en nuestro almacén, hecho unos zorros, y se encontraban con una montaña desordenada de cachivaches —objetos requisados a cambio de deudas pendientes, mercancías robadas y otros artículos de dudosa procedencia— y, sobre todo, veían las pintas y las maneras de mi subordinado, un macarrilla recién incorporado a la organización llamado Kosaki, se debían de dar cuenta de que algo turbio se estaba cociendo allí, farfullaban cualquier excusa y se largaban enseguida.

No, no, qué va. Yo no entrevistaba a nadie. Todo lo hacía Kosaki. Pero cada vez que perdíamos a un candidato, se lo recriminaba con dureza. «¡Maldito imbécil, se asustan por cómo los miras!», y le soltaba unas cuantas tortas.

Y en esas estábamos cuando, un día, llegó el Niño Rata. Cuando nos contó que había terminado el instituto siguiendo un programa para personas con dificultades de aprendizaje, dudé que pudiera servirnos; pero dado que iba a ser lo que se dice «un hombre de paja», sin una función real como técnico de reparación y que no tendría que atender a los clientes directamente, no nos importó demasiado si sabía arreglar cosas o no. El Niño Rata tendría cerca de treinta años, pero venía acompañado de su padre, un viejo con pinta de palmarla de un momento a otro, y que, agachando la cabeza insistentemente, repitió varias veces algo así como «Este hijo mío es muy bueno reparando cosas. No conozco

a nadie mejor que él. Además, es muy serio trabajando».
A Kosaki le pareció bien y a mí también, sin más, así que
lo terminamos fichando.

Mientras su padre hablaba, el Niño Rata repartía miradas entre curiosas e inquietas a todos lados. El único que habló fue su padre. Él no dijo ni mu en el poco rato que estuvieron allí.

Al día siguiente, el Niño Rata apareció cargando a su espalda los utensilios de trabajo en un armazón de transporte y, en cada mano, sendas cajas gigantes de herramientas. Traía una cantidad impresionante de artilugios. Era un tipo pequeño y delgado y el peso de la carga hacía que le temblaran las piernas. Comenzó limpiando la mesa. Después, dispuso con precisión milimétrica varios frascos de vidrio triangulares, de esos que se usan en experimentos químicos, así como instrumentos, herramientas, piezas y componentes de todo tipo.

A esas alturas, Kosaki y yo ya lo habíamos bautizado como el «Niño Rata». No tuvimos que elegir ningún otro apodo porque su figura pedía a gritos que se le llamase así. Se lo mirase por donde se lo mirase, era el Niño Rata.

—Oye, tú, Niño Rata. ¿No saludas o qué?

A Kosaki le molestó que el Niño Rata no le dijese nada al llegar al taller. Ya sabes que el mundo de la *yakuza* está rigidísimamente jerarquizado y las demandas y deberes que el escalafón exige se cumplen a rajatabla. Por eso, aunque aquello fuera una tienda de compraventa de objetos de segunda mano, en tanto que formaba parte de nuestra organización, ese sistema debía respetarse sin fisuras, o eso debía de pensar Kosaki.

Pero el Niño Rata ignoró la llamada de atención de este.

—¡¿Estás pasando de mí, gilipollas?!

Kosaki era de mecha demasiado corta. Por eso, por cierto, sigue sin medrar en la organización.

Incisos aparte, el caso es que Kosaki le agarró de las solapas y lo medio levantó del suelo. Pero la única reacción del Niño Rata, casi suspendido en el aire, con la punta de sus zapatillas apenas rozando el suelo, fue la de preguntarle si necesitaba alguna reparación.

—¡Qué coj…! ¡Ni reparación ni hostias! ¡Saluda o te arranco la cabeza!

Y es que, en nuestro mundillo, o te haces respetar o estás acabado.

Aquella reacción del Niño Rata no era normal. El común de los mortales se echaría a temblar de miedo si uno de nuestro gremio, malencarado, lo levantara del suelo sujetándolo por las solapas. Pero el Niño Rata no mostró ni pizca de temor; qué digo, es que no movió un músculo de la cara y, después de preguntarle aquello, se quedó mirando fijamente a Kosaki con sus pequeños ojos negros.

—¡Saludar es lo primero que tienes que hacer cuando llegues aquí!

—¿Quiere que repare algo, sí o no?

Decidí intervenir. A este paso, el técnico que tanto nos había costado encontrar iba a salir de allí con los pies por delante y yo no tenía ninguna gana de meterme en líos absurdos.

—Ya basta —dije acercándome a ellos.

Kosaki lo soltó sin rechistar. El Niño Rata parecía incapaz de sentir miedo. Añadí:

—Oye, Niño Rata, es de buena educación saludar a quien conoces cuando lo ves, ¿de acuerdo? —le dije con firmeza y claridad, pero con una nota de amabilidad. Conviene que los jóvenes sepan que el que manda también sabe ser generoso con ellos—. ¿Lo harás la próxima vez que nos veas?

—¿Desea una reparación?

Reconozco que la pregunta me irritó. «¿Lo ve?», parecía decirme Kosaki con su mirada.

—A ver, mira: «Buenos días». Venga, dilo.

El Niño Rata se quedó como rumiando mis palabras.

—¿Es necesario decir eso? —dijo al fin.

—Sí, lo es.

Su pregunta me dejó descolocado. Por un momento pensé que quizá solo sabía decir «¿Quiere que repare algo?», y poco más.

—¿Por qué es necesario decir eso aquí? —insistió el Niño Rata.

—Pues porque…

¿Por qué había que saludar? Me di cuenta de que no tenía respuesta. Me hizo dudar, el cabrito. Quizá podría haberle dado un par de guantazos y haberle dicho «¡Saluda y ya está, imbécil!»; pero lo cierto era que, viendo cómo había reaccionado hasta ese momento el Niño Rata, tampoco estaba seguro de que fuese a funcionar. Me había quedado claro que el tío era, como mínimo, imprevisible.

Me pilló con el pie cambiado, la verdad. Después de años bregando en el hampa, yo había escalado posiciones en la organización, ocupaba un rango intermedio en la jerarquía del grupo y, aunque seguía recibiendo órdenes, también tenía bastante gente a mi cargo. Daba siempre instrucciones claras y precisas, sin titubeos ni dudas, casi como un acto reflejo porque siempre sabía exactamente lo que debía decir y hacer. Tenía casi olvidada aquella sensación de no saber muy bien cómo reaccionar. Llegué a preguntarme si estaba sintiendo algo parecido al miedo. Sea como fuere, el Niño Rata había despertado en mí una reacción emocional desconocida que jamás había experimentado ante otro ser humano.

—A ver…, pues porque si nos saludases, nos harías sentir mejor, tanto a mí como a Kosaki.

—Sentirse bien es bueno, entonces.

—Es invisible, pero, en el fondo, resulta igual que una reparación bien hecha.

Dije lo primero que se me había ocurrido, pero, oye, había estado ingenioso.

—Una reparación bien hecha —repitió el Niño Rata.

—Buenos días —le dije para probar.

—Buenos días. Buenos días. Esto los repara —dijo el Niño Rata todo serio, mirándonos sucesivamente a los dos.

—Exacto, es la reparación que necesitamos. Nos tienes que reparar. Y eso será lo primero que hagas todas las mañanas cuando llegues aquí, ¿de acuerdo?

—De acuerdo. Ustedes estaban averiados. Pero yo los he reparado.

No pude evitar una sonrisa amarga porque era verdad que algo en nosotros estaba seriamente dañado.

El Niño Rata se sentó y comenzó a ordenar su mesa de trabajo.

Kosaki y yo nos miramos atónitos. Le dije en voz baja que se llevara con él como mejor pudiera.

El taller se encontraba en una fábrica ubicada en un lúgubre callejón a las afueras de la ciudad. La habíamos tomado a la fuerza. Apenas pasaba nadie por aquel triste callejón. El edificio tenía dos plantas. La baja era el taller o, mejor dicho, una especie de almacén diáfano en el que se amontonaban todo tipo de cachivaches difícilmente aprovechables, objetos robados de dudosa procedencia y otros requisados como cobro de deudas pendientes. La superior tenía la oficina, que parecía haber sido añadida más tarde a la construcción originaria de la planta inferior, ya que todo lucía extrañamente nuevo en ella. Al nivel superior se accedía por una especie de escaleras de emergencia instaladas en la parte exterior del edificio y en su suelo había una ventana a través de la que podía observarse lo que sucedía en el piso inferior.

Al principio, Kosaki usaba esa ventana en el suelo para vigilar al Niño Rata. Pero pronto dejó de hacerlo y se pasaba el día navegando por internet.

—La capacidad que tiene este tío de concentrarse no es ni medio normal, jefe —me dijo Kosaki un día—. Empieza por la mañana a currar y sigue exactamente igual, así como está ahora, hasta que se larga.

El Niño Rata movía las manos con precisión maquinal. No paraba un segundo.

Yo era el encargado de las cuentas y de la supervisión del negocio, así que no tenía por qué estar allí; pero la peculiarísima personalidad del Niño Rata era como un imán que me atraía al taller sin querer.

—Voy a ver qué hace —dije, y bajé.

Observar de cerca en acción al Niño Rata me resultó aún más impresionante. Una vez puse un documental de unos robots ensamblando unos electrodomésticos: trabajaban a un ritmo constante, sin titubeos ni errores, con la máxima precisión y eficiencia, sin descansos ni cambios de ritmo. El Niño Rata no tenía nada que envidiar a ninguno de aquellos robots. Cuando bajé a verlo estaba empezando a arreglar una grabadora de DVD —quizá un modelo que veía por primera vez—, pero parecía saber exactamente lo que tenía que hacer con ella y la desmontó de arriba abajo en un abrir y cerrar de ojos. Los espacios entre cada uno de los componentes del aparato, que había colocado sobre la mesa, parecían milimétricamente idénticos. Aquella precisión resultaba casi sobrecogedora tratándose de un trabajo manual humano. Y ante la inverosímil velocidad con la que un objeto de tres dimensiones había quedado desintegrado limpia y ordenadamente en la superficie bidimensional de la mesa, solo pude quedarme boquiabierto. Ni siquiera recordé exigirle el saludo de rigor.

—He terminado de desmontar el aparato. No se debe comenzar con ningún otro proceso de reparación hasta haber completado uno iniciado —afirmó tajante el Niño Rata. Seguía teniendo cara de roedor de cloaca, pero su autoridad resultaba indiscutible en aquel espacio. Y aunque ya casi era mediodía, demostró tener bien aprendida la lección cuando finalmente me dijo—: Buenos días.

—Muy bien. Buenos días.

—Usted estaba averiado. Yo lo he reparado.

Se me iba a atragantar aquella retahíla cada vez que me saludase, pero decidí asumir que era su saludo particular y dejarlo correr.

Total, que el Niño Rata empezó a trabajar con nosotros, pero los problemas no tardaron en aparecer.

Una mañana, llegando al taller oí a Kosaki dar voces como un energúmeno. Abrí rápidamente la puerta para saber qué estaba pasando y vi que este, con actitud amenazante, agarraba por el cuello al Niño Rata.

Les espeté en tono de reprimenda:

—¡Eh, eh! ¿Qué está pasando aquí!

El Niño Rata respondió con dificultad girando la cabeza para mirarme:

—Buenos días. Usted estaba averiado. Yo lo he reparado.

Que estando como estaba me soltara su saludo marca de la casa me hizo reír.

—¡El gilipollas este se ha estampado contra mí y ni siquiera se disculpa! —gruñó Kosaki.

Era mi deber, al menos, tomar declaración a las partes.

—Niño Rata, ¿te has chocado con él?

—¡Claro que sí! —insistió Kosaki.

—Cállate. No te lo estoy preguntando a ti. Se lo estoy preguntando a él. Niño Rata, ¿te chocaste con él, sí o no?

—Yo seguía mi trayecto. El señor Kosaki se interpuso en mi camino.

—¡Pues me esquivas!

Según la lógica del Niño Rata, Kosaki había provocado la colisión al cruzarse en su avance.

—A ver, Niño Rata, en estos casos debes disculparte. Decir «perdón» o «lo siento».

—No está bien mentir.

Para él, al parecer, pedir disculpas cuando no se consideraba culpable equivalía a mentir.

—Venga, hombre, Kosaki, perdónalo. El Niño Rata es así. No lo hace para provocarte ni mucho menos.

—Pero al menos una disculpa…

—Dice que no está bien mentir —repuse y no pude evitar reír.

Kosaki también parecía a punto de soltar una carcajada. Pero se contuvo, recompuso el gesto de cabreo chascando la lengua y remachó mientras lo miraba:

—La próxima vez, te pongo de patitas en la calle. No lo olvides.

—¿Que no lo olvide? —preguntó el Niño Rata.

—Eso es.

—¿Qué es lo que no debo olvidar?

—Joder... Es igual, anda, déjalo ya.

Kosaki estaba harto de aquel diálogo de besugos.

Esperé a que este se marchara a la planta de arriba para decirle al Niño Rata:

—En estos casos, es mejor pedir disculpas y ya está. Te evitas problemas innecesarios.

—No se debe mentir. Los mecanismos que funcionan correctamente no mienten.

Me pregunté por la lógica que gobernaba la mente del Niño Rata. No supe explicármela, pero, en todo caso, me pareció admirable la insobornable fidelidad a sus principios que demostraba en cada encrucijada, sin importar lo crítico de las situaciones que la ponían a prueba.

Sea como fuere, el Niño Rata jamás se disculpaba ni pedía perdón. Ni siquiera lo hacía en los casos en los que la culpa de algún desaguisado era claramente suya. Al parecer, según su particular y misteriosa manera de entender las cosas, él no tenía nunca que pedir perdón, con independencia de que fuera culpable o no.

Al día siguiente, recibí una llamada de Kosaki: «Señor Waniguchi, el Niño Rata está haciendo lo que le da la gana y no me hace ni puto caso. Necesito que venga y ponga orden, ¡pero ya!».

No me explicó lo que estaba pasando, pero antes de entrar en el taller pude ver claramente el problema. De la ventana de la planta superior colgaba un rótulo gigante que decía: REPARACIONES. Costaba creer que estuviera escrito a mano porque la letra del Niño Rata era una letra perfecta de imprenta, carente del más mínimo temblor en sus trazos. ¿Habría usado una regla? El rótulo lucía majestuoso y contundente con su sobrio mensaje en tinta negra.

El problema era que el taller no se había montado en aquel edificio para atender a clientes reales, sino como tapadera para enmascarar su verdadero cometido. De cara a la galería el edificio debía ser un simple almacén de mercancías y la llegada de clientes reales podría resultar problemática para el propósito del tinglado. Aunque, teniendo en cuenta que no repartíamos publicidad ni publicábamos anuncios, parecía difícil que alguien llegara en busca de reparaciones.

Nada más entrar en el edificio, escuché a Kosaki gritar desgañitado.

—¡Quita el maldito rótulo ahora mismo!

Delante de él y de pie, el Niño Rata permanecía impasible, con menos expresión facial que un caracol.

—Buenos días —dijo mirándome.

—Hola —respondí.

—Usted estaba averiado. Yo lo reparé —contestó él.

La consabida cantinela de todos los días.

—¡Por fin! Señor Waniguchi, menos mal que ha llegado. Mire, es que…

—¿No lo puedes quitar y ya está?

—No sé cómo lo habrá hecho, pero ¡es que el condenado rótulo está soldado a la ventana!

Ahora que me fijaba, había más equipos de reparación en el taller, incluso maquinaria de cierta envergadura. ¿Cuándo los habría traído? ¿Durante el fin de semana?

De repente, se abrió la puerta detrás de mí:

—¡Hola!

Me retiré rápidamente a un ángulo muerto para que quien hubiese entrado no me viera.

Eché un vistazo a la entrada desde un hueco del escondrijo y vi a una mujer que parecía ama de casa. Traía una sartén eléctrica en las manos.

—Disculpe, he oído que aquí reparan aparatos de todo tipo —dijo.

—No, no, aquí no hacemos nada de eso.

—Sí, reparamos de todo.

Ante las simultáneas y contradictorias respuestas, la mujer pareció confusa.

—¿En qué quedamos? Mi vecina me ha contado que le han arreglado aquí su masajeador de pies.

No fui el único sorprendido por que ya tuviésemos clientes.

—Oh, sí, cierto, cierto, bienvenida. Dígame, ¿en qué le podemos ayudar? —dijo Kosaki, que cambió rápidamente de parecer y de registro, y adoptó de repente un tono animado y simpático, quizá pensando en que mandarla de vuelta a casa sin atenderla podría originar entre las amas de casa del vecindario rumores indeseados que terminasen perjudicándonos.

Yo sabía que los padres de Kosaki regentaban una frutería, un negocio familiar que había sobrevivido a lo largo de varias generaciones. Kosaki había entrado a formar parte de una banda de moteros violentos *bōsōzoku* en el tercer año de secundaria y, más tarde, había ejercido como anfitrión, o acompañante, de los clientes en un *host club*. Esa sangre de familia de comerciantes y esa experiencia como acompañante hacían que su bienvenida sonara auténtica, agradable y sinceramente servicial. Le pegaba mucho más ser comerciante que un miembro de la *yakuza*.

—Esta sartén funcionaba de maravilla, pero ahora de repente ha dejado de calentarse.

—Se la voy a arreglar.

El «se la voy a arreglar» del Niño Rata sonó firme y convincente, con el aplomo de un médico de renombre al emitir su diagnóstico y tratamiento.

—Vale, pues aquí te la dejo. ¿Para cuándo me la tendrás lista? —dijo la señora.

—En cuarenta y ocho minutos —respondió tajante y en el acto el Niño Rata.

La señora pareció sorprendida de la extraña precisión del plazo, pero se limitó a preguntar por el coste de la reparación.

—¿Cuánto será?

El Niño Rata no contestaba. Debía de creer que no se lo estaban preguntando a él. No parecía tener ningún interés en lucrarse con la reparación. Tal vez había arreglado gratis el masajeador de pies.

—Son mil ochocientos yenes —intervino Kosaki.

Me pareció un precio perfecto que compensaba el trabajo y hacía atractiva la reparación frente a la adquisición de uno nuevo. La señora se marchó con cara de satisfacción.

—Oye, Niño Rata, ¿no crees que antes de colgar el rótulo debías haberlo consultado con el señor Waniguchi? ¡¿Me estás escuchando o qué?!

—Basta —dije, y añadí en voz baja—: Quizá no sea mala idea recibir algunos clientes para reforzar el efecto tapadera.

Si se continuaba con ese plan, encontrar un sustituto del Niño Rata iba a ser complicado. Pensé que sería mejor darle un poco de cancha y que trabajase a gusto, en vez de obligarlo a seguir nuestras directrices a pies juntillas y arriesgarnos a que se desmotivase y acabara renunciando al puesto más pronto que tarde. Parecía como cuando se cobraba una deuda: era mejor tener paciencia, conceder prórrogas con intereses y acabar ganando mucho más que si se cobrase de un tirón.

—Pero… —repuso Kosaki, que no cedía.

—No creo que aquí venga mucha gente. La del vecindario y como mucho la del barrio. Déjale hacer. Ya iremos viendo.

—Si usted lo dice, señor Waniguchi… —murmuró sin mucha convicción agitando la cabeza a los lados.

Luego siguió mascullando objeciones.

Las reparaciones del Niño Rata comenzaban siempre por el desmontaje completo del aparato en cuestión. Yo le había cogido el gusto a observar cómo separaba y ordenaba sobre la mesa sus partes con tal precisión y velocidad que me parecía estar viendo una grabación a cámara rápida.

Una vez desarmado el aparato, identificaba el fallo, limpiaba todas las piezas, reparaba la avería y volvía a ensamblarlo. Supongo que aquel procedimiento era de cosecha propia y, el caso es que, a mí me parecía un procedimiento muy correcto. Aunque quizá lo más eficiente fuera identificar primero la avería y tocar lo estrictamente necesario para repararla.

Una vez le pregunté al Niño Rata:

—¿Por qué desmontas todo el aparato en vez de centrarte solamente en las partes averiadas? Y él me respondió:

—Porque es lo correcto.

—¿Por qué es lo correcto? —insistí.

—Porque así se trata a todas las piezas de forma equitativa —dijo.

Pensé que se estaba refiriendo a una especie de equilibrio interno de los sistemas, o mecanismos, integrados por distintas piezas, y que tal vez este se alteraba si solo se intervenía en una parte. Pude intuir vagamente que los posibles desajustes entre los componentes viejos y nuevos podrían derivar en algún tipo de desequilibrio y, como consecuencia de ello, en un mal funcionamiento o en una nueva avería.

—Lo he reparado —oí que decía el Niño Rata.

Levanté la cara para mirar el reloj. Calculé el tiempo que había pasado: cuarenta y ocho minutos exactos. Yo no alcanzaba a entender cómo podía calcular el tiempo necesario en la reparación sin conocer siquiera la naturaleza de la avería, pero de alguna manera el Niño Rata lo podía saber.

—Esta sartén eléctrica estaba averiada. Yo la he reparado.

La señora vino a recogerla y pareció muy satisfecha con el acabado de la reparación. El aparato y sus piezas accesorias estaban limpísimos, sin una gota de aceite ni mácula alguna. Ahora la sartén parecía nueva. Abonó los mil ochocientos yenes con gusto y se marchó contentísima. Últimamente, lo habitual en las tiendas de electrodomésticos era disuadir a los clientes de reparar sus dispositivos averiados y sugerir, en cambio, la compra de otros nuevos. En una época en la que tirar a la basura a la primera de cambio cualquier cosa que dejaba de funcionar era lo normal, un taller eficiente como el nuestro podía resultar muy conveniente para quienes deseasen alargar la vida útil de sus aparatos.

Quién sabe si por efecto del rótulo que había colgado el Niño Rata o por el simple boca a boca, en poco tiempo, Reciclajes Andrómeda comenzó a recibir clientes de forma regular. Cuando nos quisimos dar cuenta, nuestro técnico de reparaciones se dedicaba a arreglar tanto los aparatos que se acumulaban en el almacén como otros averiados que los clientes traían al taller.

Kosaki, por su parte, cansado quizá de tener que explicarles el coste de las reparaciones, confeccionó y pegó en el mostrador una tabla de precios, que dependían del tamaño de los aparatos —grande, mediano, pequeño—, así como de la dificultad de la reparación —fácil, normal, difícil—, y un añadido: PRECIOS A CONVENIR EN OTROS CASOS.

Una tarde, estando en la planta superior del almacén, miré abajo y vi que había llegado una niña de primaria que me pareció que estaba llorando. Bajé pensando que el Niño Rata no sabría atenderla debidamente. Antes de presentarme sin más delante de aquella niña, me quedé detrás de la puerta para escuchar lo que decían. Al parecer, a la cría se le había muerto el hámster que tenía como mascota.

—Me han dicho que arreglas de todo... ¿Podrías curar a mi hámster Coco?

«Estos críos de hoy en día», pensé. ¿Ni siquiera saben que la muerte no tiene solución?

Pero el Niño Rata no lo dudó y afirmó en el tono más firme y seguro que uno pudiera esperar de otro al que le encomienda una misión:

—Lo voy a reparar.

—¡¿En serio?! —dijo la niña de pronto feliz, y preguntó—: ¿Cuánto tardarás?

—Ocho días —respondió el Niño Rata.

Parecía que a este encargo iba a dedicarle más tiempo de lo que solía con otras averías.

La chiquilla salió por la puerta enjugándose las lágrimas. Hice como si no la viera.

Entré. Vi encima de la mesa que servía de mostrador la jaula con el animal dentro. El hámster tenía en la parte final de la espalda una mancha de color marrón claro que recordaba a la letra *ko* del alfabeto fonético japonés *hiragana*.

Zarandeé la jaula. El pobre roedor estaba muerto y duro como una piedra.

—Buenos días —me dijo el Niño Rata con la jaula en brazos y añadió la cantinela de rigor—: Usted estaba averiado. Yo lo he arreglado.

—Esto no lo puedes arreglar, Niño Rata, no me vengas con tonterías.

—Lo voy a reparar. Consultaré documentos —dijo haciendo el ademán de irse a algún sitio.

—¿Documentos?

—Consulto documentos cuando tengo que arreglar mecanismos cuyo funcionamiento desconozco.

—Eh, eh, ¿adónde vas? ¡Que estás trabajando, chaval!

Intenté detenerlo mientras me preguntaba a qué se refería con «documentos» y dónde pretendía consultarlos. Era imposible que ningún libro explicara cómo resucitar un hámster muerto.

—¡Oye, Kosaki! —lo llamé desde la planta baja—. Voy a salir un momento con el Niño Rata.

Kosaki asintió través de la ventana abierta en el suelo de la planta superior con expresión de no entender nada de lo que estaba pasando.

El Niño Rata echó a andar resuelto en dirección al río, dando la impresión de conocer bien el camino que debía seguir. Después de un rato caminando, llegó a la biblioteca municipal. Entró decidido y se dirigió al mostrador. Una vez allí, introdujo la palabra «hámster» en el terminal de búsqueda de libros e imprimió la lista de todas las referencias bibliográficas que se ajustaban al criterio.

Con esta en la mano, fue sacando de las estanterías y amontonando en una mesa de lectura enciclopedias, revistas, fascículos, plantillas de esqueletos, etcétera, sin importar si eran obras dirigidas a un público infantil o referencias especializadas para adultos expertos, e incluso volúmenes que no parecían guardar relación alguna con el pequeño roedor; en total, varias decenas de tomos.

Hecha la pila de libros, y sin más dilación, cogió uno y comenzó a pasar las páginas a toda velocidad, de la primera a la última. La destreza y rapidez con las que los hojeaba me disuadió incluso de recordarle las bondades del índice.

A mí me parecía sencillamente imposible que se estuviera enterando de algo. Me quedé observándolo extrañado, pero al rato empecé a aburrirme y salí a buscar un sitio en el que poder fumarme un cigarro tranquilamente. Cuando, después de una larga pausa, regresé a la biblioteca, la montaña de libros casi había desaparecido.

—¿Qué, Niño Rata, ya sabes cómo tienes que reparar el hámster? —le dije con sorna.

—Ya sé cómo repararlo.

—Venga ya, no me jodas.

El Niño Rata devolvió con cuidado los libros a las estanterías y enfiló hacia la fábrica. Cierto era que había decidido tener manga ancha con él; ¡pero es que este tío hacía siempre lo que le salía de los cojones!

El Niño Rata se entregó en cuerpo y alma a la reparación del hámster. No debía de volver a casa y todo apuntaba a que dormía en el suelo del taller. Su padre vino a traerle una muda y comida, seguramente preocupado de no verlo durante varios días. Pero nosotros no le vimos comer apenas ni tampoco dormir. Seguía manipulando sin descanso un extraño dispositivo mecánico. A petición del Niño Rata, Kosaki le compró una serie de fármacos de nombres impronunciables escritos en alguna lengua extranjera.

Y llegó el octavo día.

El resultado de la reparación del hámster me tenía intrigadísimo.

Abrí la puerta y entré en el taller.

—Buenos días.

—Buenos días, aunque te recuerdo que ya es mediodía.

—Usted estaba averiado. Yo lo he reparado.

Le pregunté tomándole un poco el pelo:

—¿Ya se mueve el bicho, Niño Rata?

—Sí, lo he reparado.

Yo no daba crédito. El hámster estaba vivo y se movía. Contraía su naricita con movimientos espasmódicos, se desplazaba por la jaula y exploraba las esquinas en busca de comida. Resultaba adorable.

Pero acto seguido un escalofrío me recorrió el espinazo. El Niño Rata había reparado al hámster, es decir, lo había resucitado. Por un momento pensé que quizá lo había sustituido por otro nuevo, pero el bicho que se movía en la jaula tenía aquella mancha con forma de letra *ko* al final de su espalda.

No podía ser. Era imposible. Metí la mano en la jaula para tocarlo. Lo cogí. El hámster se quedó quieto entre mis manos.

Pero lo comprendí todo al instante. Pesaba mucho más de lo que debía.

—Esto... no es exactamente... una reparación.

Justo cuando le estaba diciendo esto llegó la dueña del hámster. Me escondí rápidamente.

—¡Hala! ¡Se ha curado!

—Este hámster estaba averiado. Yo lo he reparado.

Aunque la niña no cabía de contenta y se llevó la jaula con una sonrisa de oreja a oreja, yo tenía un mal presentimiento.

Acerté.

Al poco rato, la madre de la chavala llegó al taller con un cabreo de mil demonios. Abrió la puerta de un tirón, entró dando grandes zancadas, estampó la jaula contra el mostrador y dijo casi en un chillido:

—¡¿Estáis mal de la cabeza o qué os pasa?!

Detrás de ella, su hija lloraba a moco tendido.

—Lo he arreglado —dijo el Niño Rata.

—¿Que lo has arreglado? ¡Cómo te atreves!

—Reemplacé sus órganos internos por un mecanismo, traté la piel para adaptarlo a dicho mecanismo, luego...

La madre parecía a punto de vomitar.

—¡No, no y no! ¡Las cosas no son así!

—Lo he reparado. Sus movimientos son idénticos.

Efectivamente, el hámster mecánico del Niño Rata era, a simple vista, indistinguible de uno real. Lo mismo cabía decir de sus movimientos. Pero eso, en este caso, no equivalía a haberlo «reparado».

—¡¿Que se mueve igual?! ¡¿Estás loco?! ¡Esto es una absoluta falta de respeto a la vida! ¡Exijo una disculpa!

Si el Niño Rata se hubiera dignado a pronunciar una mínima disculpa, quizá la señora se habría calmado y el asunto hubiera quedado ahí. Pero claro, el Niño Rata nunca pedía perdón, aunque fuera claramente el culpable.

—Yo lo he arreglado. Sus movimientos son idénticos a los de cualquier otro hámster.

—¡Tonterías! Los seres vivos comen, emiten calor…

El argumento de la señora pareció hacer reflexionar al Niño Rata.

—En ese caso, puedo hacer que coma, incorporando un mecanismo que deglute y descomponga los alimentos y, además, emita calor.

—¡Basta! ¡No estás entendiendo nada de nada! ¡Estoy diciendo que esto es una estafa, un clarísimo caso de delito de daños! ¡Os voy a denunciar!

Decidí intervenir antes de que la situación se nos fuera completamente de las manos.

—Muy buenas, señora. —Noté cómo sus hombros se tensaban al verme la cicatriz en la mejilla—. Parece que uno de nuestros empleados le está causando problemas.

Sabía por experiencia que cuando los de nuestra calaña se ponían a hablar educadamente infundía aún más miedo a la gente normal.

—Créame, señora, comprendo perfectamente su disgusto, se lo aseguro. Creo que se merece una disculpa formal y nos gustaría ir a su casa a pedirle perdón a toda su familia en nombre de todos los que trabajamos aquí. Porque vive cerca, ¿verdad? Al menos, su hija va a un colegio del barrio. Es una niña muy guapa, por cierto: Akari Machida, de primero de primaria, ¿no? ¿Sabrías decirme dónde vives, cariño?

La madre comenzó a retroceder poco a poco, como queriendo proteger a su hija.

—Si te esperásemos al salir de clase, ¿nos podrías llevar a tu casa? Iremos todos juntos a pedir perdón a tu mamá y a tu papá. ¿Te parece bien?

—Oh, no, es suficiente. Muchas gracias. Ya nos íbamos. Adiós.

Salió por la puerta y echó a correr arrastrando a la niña del brazo.

La jaula del hámster quedó entre el Niño Rata y yo. El animal seguía moviéndose de aquí para allá dentro de la jaula, contrayendo la nariz y transmitiendo una impresión de lo más tierna. Pero yo entendía el cabreo monumental de la madre de la niña, porque lo cierto era que aquel bichito me despertaba un singular sentimiento de repugnancia y rechazo.

—Oye, Niño Rata, a ver cómo te lo explico… Es que esto que has hecho no es exactamente «reparar» el hámster.

—Lo he reparado. Este hámster puede seguir moviéndose eternamente si se le cambian las pilas.

—Concedo que tanto su aspecto como sus movimientos son idénticos a los de un hámster de carne y hueso. Pero, no sé… Digamos que sigue sin estar vivo.

—¿Qué significa «estar vivo»?

La pregunta no podía ser más clara, pero no supe qué contestar. El hámster que había «arreglado» el Niño Rata se movía igual que uno de verdad. La apariencia del hámster muerto, pero en movimiento gracias al mecanismo motriz, no difería en absoluto de uno vivo. Nadie que no estuviera avisado se daría cuenta de la diferencia a través de una mera inspección visual. Cualquiera que lo viera simplemente pensaría que era un hámster normal y corriente haciendo las cosas de un hámster normal y corriente. ¿Qué significaba, entonces, encontrarse vivo? ¿Estar caliente? ¿Tener hambre y comer?

—Mira, este hámster murió. Eso lo entiendes, ¿verdad?

—Sí. Sus órganos internos habían dejado de funcionar y su cuerpo estaba rígido. —«Exacto, eso es. Sí sabes lo que es morir, chaval», le iba a decir, pero se me adelantó—. Por eso lo he arreglado.

—A ver… Si hubieses recuperado el funcionamiento normal de los órganos y los músculos no se hubiesen endurecido, podrías decir que lo has «reparado» y tendrías razón. Habrías conseguido reanimarlo, por así decirlo, porque no habría estado muerto cuando cayó en tus manos. Pero cuando los seres vivos mueren, eso no hay médico en el mundo que lo pueda solucionar, por muy bueno que sea. La muerte no tiene solución, ¿comprendes?

—Sí. Por eso extraje todos los órganos inservibles, curtí su piel e instalé unos sensores en el lugar que ocupaban sus ojos. A continuación, coloqué un mecanismo que funciona en bucle reproduciendo patrones programados de movimientos. Con los ajustes oportunos, el mecanismo podría seguir funcionando casi eternamente. Es más, ahora sus movimientos son más eficientes que antes de morir.

—A ver, lo que quiero que entiendas… —Quería explicarle lo que era la vida, pero no encontraba las palabras adecuadas—. Bah, es igual. Lo único que quiero que entiendas, Niño Rata, es que a partir de ahora en este taller queda prohibido reparar ningún bicho que haya muerto, ¿estamos?

—¿Por qué?

—Porque los clientes se cabrean.

—¿Por qué se cabrean?

¿Que por qué? Ni siquiera me resultaba fácil explicarme la razón de la repugnancia que el hámster mecánico despertaba en mí. Cuando, después de mucho hablar, logré que el Niño Rata me dijera: «De acuerdo. No volveré a reparar vidas», yo estaba agotado.

Miré otra vez al hámster aún con serias dudas de que el Niño Rata hubiera entendido lo que le había dicho. El animal seguía moviendo graciosamente el hociquito en una esquina de la jaula.

Pensé que quizá después del incidente de la «resurrección» nadie volvería al taller para ninguna reparación. Pero no fue así, y el goteo de clientes a Reciclajes Andrómeda continuó prácticamente al mismo ritmo que antes de que llegara el hámster. Eso sí, nadie volvió a presentarse con su mascota muerta.

La verdad era que me estaba empezando a gustar estar en aquella oficina. Es posible que Kosaki estuviera harto de verme —«¿Otra vez aquí este tío?», pensaría—, pero también parecía más o menos centrado en la tarea que se le había encomendado en aquella tapadera, y cuando me veía llegar decía «Tengo que revisar la contabilidad…», o lo que fuera, y se sentaba a la mesa del ordenador para hacer cosas. Yo me entretenía viendo al Niño Rata por el ventanuco del suelo. Sentado a su mesa de trabajo, se lo veía con una presencia y un empaque que cualquiera diría que llevaba ahí varias decenas de años y que seguiría así, imperturbable, hasta el fin de los días.

Su habilidad con las manos era sencillamente sobrehumana. Resultaba sorprendente que no se liara. Pero supongo que ese era el ritmo al que él se sentía a gusto trabajando. Su «normal» era diferente del nuestro, no debía de ser más que eso. Bueno, nuestro «normal» tampoco es que fuera muy normal, las cosas como son. El caso es que yo empecé a tener estos momentos de reflexión acerca de muy distintos temas después de conocer al Niño Rata. Imagino que sería porque a pesar de que en nuestro gremio había personalidades de muy distintos tipos —la más orientada a los negocios, la más agresiva y pendenciera, la más inclinada a lidiar con asuntos legales, como la de algunos exabogados, etcétera—, nunca antes había conocido a nadie como él. Su personalidad constituía una categoría por sí misma.

Cierto día, un niño volvió a entrar en la tienda. Bufé hastiado. Aquel no era un punto de información ciudadana, maldita sea.

El chaval debía de ser de los últimos cursos de primaria. De primeras, pensé que quizá practicaba algún deporte al aire libre porque era bastante moreno de piel. Pero enseguida me di cuenta de que sus facciones no eran exactamente las de un japonés, aunque tampoco me atrevía a decir que fueran las de un extranjero. No obstante, su mochila escolar era la típica de una escuela de primaria japonesa. En definitiva, no fui capaz de identificar qué era lo que distinguía a aquel niño de otros del montón, pero saltaba a la vista que parecía diferente.

Bajé. Iba a abrir la puerta para entrar y decirle que este no era un lugar para niños y que se tenía que marchar, pero justo en ese momento me fijé en que llevaba los puños cerrados con fuerza. Los apretaba tan fuerte que su cuerpo temblaba. Estaba conteniendo el llanto a duras penas.

Lo oí hablar y me cuadró todo.

—Arreglar... Arreglo... Por favor, ayuda, arreglar.

Su acento no era japonés, sino el de un chaval extranjero. Se enjugaba los ojos con el dorso de las manos. Había puesto encima del mostrador lo que parecían pedazos o jirones de algo.

Su mochila estaba hecha polvo y tenía un montón de huellas de pisadas. Me fijé en su ropa, que también tenía estampadas marcas de zapatos. Las gotas que caían de la mochila sugerían que su contenido se había sumergido en agua, tal vez en un váter.

Los fragmentos que el niño había colocado en la mesa como piezas de un puzle eran retazos de una fotografía.

No me costó hacer una composición del lugar. Los niños, aún inmaduros como personas, pueden llegar a ser tremendamente crueles sin sentir remordimiento alguno. Es posible que incluso se crean con derecho a atacar y maltratar a cualquiera que consideren diferente.

—La voy a reparar.

¿Cómo? Además de todo tipo de máquinas, ¿también reparaba fotos? ¿No quedaba fuera de su área de especialización? Pero el Niño Rata parecía muy seguro.

—¿Cuándo estar?

—Seis días.

Abrí la puerta y el Niño Rata se volvió y me miró.

—Buenos días.

—Hola.

—Usted estaba averiado. Yo lo he reparado.

Me dirigí al chico.

—Qué pasa, chaval, ¿estás bien? ¿Cómo te llamas?

—Tien. Tien Gwen Minh.

«Qué nombre más largo —pensé—. ¿Será de algún país del sudeste asiático?».

—¿De dónde eres?

—Vietnam.

—¿Vives con tus padres? ¿Tienes hermanos?

—Vivir con padre y madre. Hermana pequeña vivir en Nha Trang.

Me dio pena verlo tan sucio y le sacudí la ropa con la mano para quitarle un poco de barro.

—¿Le has contado a tu profesor lo que te han hecho tus compañeros?

Tien me apartó la mano como un gato que se eriza y retrocede al detectar una amenaza.

Si el niño hablaba así, sus padres apenas sabrían decir nada en japonés. Vamos, que el chaval no estaba capacitado para contarle sus problemas a nadie. En todo caso, si su mirada fuera huidiza y revelara un carácter más débil, quizá sus compañeros se aburriesen rápido de él y lo dejaran en paz en poco tiempo; pero la suya era dura y tenía fuego.

En fin, que era una buena presa para los abusones.

—Estará dentro de seis días, ¿comprendes? —le dije levantando seis dedos—. Seis, ¿vale?

—Seis días. Vuelvo —respondió, y se despidió haciendo una reverencia fugaz.

Me pregunté qué clase de fotografía sería y volví a mirar encima de la mesa. Cuál fue mi sorpresa al ver que el Niño Rata había recompuesto la imagen casi completamente.

—Joder… —gruñí.

Era una foto de familia. Parecía una imagen tomada en un cumpleaños o durante alguna celebración del estilo.

La tendría guardada como oro en paño y la habría estado contemplando todos los días. Seguramente la llevara consigo a todas partes. Quienes se la hicieron añicos debían de saber que esta foto era un tesoro para él. Tal vez.

Era evidente que se había afanado en recoger todos los fragmentos minúsculos en los que había quedado reducida.

Yo, que me había dedicado a cobrar deudas con recargos abusivos, no soy precisamente el más adecuado para decir algo así, pero me pareció que los abusones se habían pasado. Y mucho. A mi entender, incluso el *bullying* tenía un límite, unas líneas rojas que como seres humanos no se debían cruzar. No conocía a los indecentes que maltrataban a Tien, pero algo fallaba gravemente en el corazón de un niño capaz de hacer algo así por diversión.

Una herida en un brazo, por ejemplo, se cura con el tiempo. Pero el dolor de ver destrozado intencionadamente un objeto con un valor sentimental como aquel no podía sanar jamás.

—¿Serás capaz de rehacerla, Niño Rata?

—Sí, la voy a reparar.

Su «la voy a reparar» era el de siempre.

—Confío en ti, Niño Rata. Si alguien lo puede hacer, ese eres tú.

El Niño Rata empezó a decir que tenía que volver a la biblioteca. Lo acompañé porque me picaba la curiosidad por cómo la repararía. En la biblioteca, amontonó unos cuantos libros como la última vez.

Pensaba que elegiría referencias de informática, que escanearía la fotografía recompuesta, que retocaría la imagen con algún programa de ordenador y que, finalmente, la imprimiría.

Pero no hizo nada de eso.

El «la voy a reparar» del Niño Rata no consistía en ningún apaño de tres al cuarto como digitalizar la imagen, retocarla e imprimirla.

El Niño Rata se presentó en el taller con un microscopio gigante. Al parecer, estaba tratando de unir los jirones con una precisión de décimas de milímetro. «¿Para qué tanta molestia?», pensé. Porque incluso ensambladas con esa minuciosidad, las rasgaduras seguirían siendo evidentes.

—¿No se van a seguir notando los desgarrones? —le pregunté.

—El papel fotográfico, mediante la mezcla de los tres colores básicos... —comenzó a decir con la elocuencia de quien recitara de memoria el texto de algún manual especializado.

—Vale, vale. —Le tuve que frenar—. Ya lo he entendido —le dije para que parase y siguiera trabajando.

Debía de querer reparar la fotografía pintándola. Pero, como supuse, cuando conectó todos los jirones y secó el papel, se seguían notando con claridad las uniones, que formaban en conjunto una especie de malla superpuesta a la fotografía. Pensé que pintar manualmente aquellas estrías blancas, lejos de invisibilizarlas, las haría más evidentes. Pero el Niño Rata lo tenía todo pensado.

Sacó una especie de lápiz con algo adherido a su punta. Era un pelo, aún más fino que un alfiler.

—¿Qué es esto? —le pregunté.

—Es una herramienta para pintar —dijo como si fuera lo más natural del mundo, y empezó a mezclar colores en la paleta.

Después, y mirando a través del microscopio, comenzó a dar minúsculas puntaditas de color con el extremo del filamento en las uniones de los retazos.

A nadie en su sano juicio se le hubiera ocurrido hacer algo así y, encima, a mano. Iba a reconstruir la foto prácticamente píxel a píxel con la punta de aquel pelito. Y allí permaneció sentado, de la mañana a la noche, mirando por el ocular del microscopio y dando puntadas sin cesar.

De todas formas, pensé que, a pesar del esfuerzo del Niño Rata, si a los desalmados del colegio de Tien les diera por volver a destrozarle la foto, lo harían sin piedad. De momento, decidí conocer el percal y aparqué mi Toyota Celsior cerca del colegio de Tien.

Era tremendo. Nadie movía un dedo para impedir los abusos que sufría. Pasaban de largo, como si no vieran lo que estaba sucediendo. Me mosqueó especialmente que ni siquiera los profesores hicieran nada. Cambié de sitio el coche para observarlos a la salida. En el camino de regreso a casa, los abusones le golpearon la cabeza con un balón, lo molestaron de mil maneras y, cuando Tien intentó defenderse, lo sujetaron entre dos y un tercero le pegó una patada en el estómago. Eran claramente más grandes y corpulentos que él, quizá porque eran mayores. Era imposible que Tien pudiera pelear contra ellos de igual a igual.

El escarnio proseguiría aún un buen rato. Cuando no había gente a la vista, le quitaron hábilmente la mochila y lo atrajeron con pericia al río. Ni un adulto lo hubiera hecho mejor.

En la ribera, desparramaron el contenido de la mochila en el suelo y, después, lo lanzaron todo al agua. Los gamberros se reían a carcajadas mientras señalaban los cuadernos de Tien flotando en el agua. Aun así, Tien apretaba los dientes y contenía las lágrimas. Resignado a que cualquier reacción sería inútil o, peor aún, contraproducente, y quizá incluso temiendo que si se acercaba al río para intentar recuperar sus pertenencias lo tirasen también a él. Simplemente recogió la mochila vacía y se fue.

Imaginé a sus padres, agobiados y estresados por su nueva vida y trabajo en un país extranjero, sin apenas tiempo ni fuerzas para prestar atención al día a día de su hijo en el colegio.

«Ánimo, valiente, sé fuerte», pensé; pero al momento empecé a temer que volviera a aparecer en el taller pidiéndonos la reparación de sus cuadernos mojados. Y es que el Niño Rata seguía absorto en la fotografía. No se dedicaba a otra cosa y se le estaba acumulando el trabajo.

Bajé del coche y me coloqué detrás de los abusones.

—¿A qué jugáis que os reís tanto? ¿Puedo jugar yo también? —les dije.

Los tres volvieron hacia mí sus caras de imbéciles y me vieron con una sonrisa de oreja a oreja. Y en la mejilla izquierda, la cicatriz. Acto seguido, intentaron salir por piernas. Cogí a uno por el cuello.

—Oye, pues me parece muy divertido este juego, ¿eh? Barquitos de cuadernos y lapiceros, ¿no?

Ja, ja, ja… Rio buscando que me congraciara con ellos. Me puse serio de golpe.

—¿Os divierte hacer esto? —Asintieron—. Pues os voy a enseñar otro juego más divertido.

Les propiné a los tres sendas patadas en el vientre. Cayeron de culo al río, uno detrás de otro. El agua les cubría los hombros. Era pleno invierno. Estaban ateridos de frío.

—No vais a salir de ahí hasta que hayáis recogido hasta el último lápiz, ¿estamos?

Encendí un pitillo y esperé tranquilamente a que acabasen.

Temblando de frío, colocaron ordenadamente a mis pies los cuadernos y los lápices.

—¿Esto es todo? —Los volví a tirar al agua de un puntapié a cada uno—. Yo diría que faltan cosas.

—Eso es todo.

—No me convence.

Los arrojé al agua un par de veces más. Tenían tanto frío que empezaron a llorar. Los lancé una vez más. Qué azul se veía el cielo y qué delicioso era el tabaco cuando uno hacía el bien.

Waniguchi interrumpió el relato en ese punto y se desperezó ostensiblemente. El ir y venir de la gente por delante de la estación, que los dos seguían observando desde el paso de peatones, no cesaba. Vieron a familias con cajas de tartas, seguramente para celebrar la Navidad en sus casas.

Poco a poco, se acercaba el instante de la escena inmortalizada en la fotografía borrosa de Waniguchi.

Los establecimientos de comida rápida decoraban sus terrazas con motivos navideños, y empleados con gorras de Papá Noel invitaban a entrar a los clientes. Comenzó a sonar *Jingle Bells*. En breve, un árbol de Navidad gigante aparecería en la pantalla que cubría la fachada del edificio de la estación.

Hirasaka sentía curiosidad por el relato de Waniguchi.

—¿Qué hizo con los bártulos del chico vietnamita? ¿Los secó y se los devolvió a él directamente?

—Los dejé allí porque estaban llenos de barro y no quería mancharme las manos. Quizá te sorprenda, pero soy bastante tiquismiquis con la limpieza.

Hirasaka sonrió un instante como diciendo «No me fastidie...», pero recuperó enseguida su cara de póquer.

Y dando por concluido el piscolabis, Hirasaka comenzó a recoger los restos y la basura de lo que habían consumido y que estaban tirados en el suelo.

—Deja eso, hombre, ¿por qué te molestas? Si la gente de aquí no lo ve —dijo Waniguchi.

Pero Hirasaka replicó mientras llevaba los restos al cubo de la basura:

—Sí, tiene razón; pero lo hago más por mí que por la gente que hay aquí. No me gusta dejar tiradas las cosas de cualquier manera.

Fueron paseando tranquilamente en dirección a la escuela de Tien.

Oyeron voces de niños que jugaban en el parque. Parecían cantos de gorriones. Dos profesoras de la escuela infantil —una mujer veterana con un delantal y una joven en chándal— animaban una carrera de niños. Los críos corrían con el gesto serio y encarnado. «¡Vamos, chicos, ánimo!», gritó una de las profesoras. La potencia desmesurada de su voz hizo sonreír a Hirasaka. Debía de ser una carrera de relevos porque ahora corrían las profesoras. ¡Qué vitalidad! Los niños jalearon a gritos a la joven que iba rezagada: «¡Profesora Michi!». Hirasaka se detuvo, atento al desenlace. Waniguchi siguió, pero Hirasaka no se movió. ¿Tanto le gustaban los niños?

«¿Qué sentiré al verme a mí mismo?», se preguntó Waniguchi. Poder verse significaba que su otro yo estaba perfectamente vivo en aquel momento.

Waniguchi y Hirasaka esperaron a Tien a la salida del colegio. Sonó el timbre que anunciaba el final de la jornada escolar y los niños comenzaron a salir del edificio rumbo a sus casas. Mientras se fijaba en lo coloridas que eran hoy en día las mochilas escolares —naranja, morado, etcétera—, Tien apareció por el portón con su inconfundible rostro de piel morena. Era justo al día siguiente del incidente en el río y salió repartiendo miradas inquietas a todos lados, temiendo quizá otra andanada de insultos y agresiones. Pareció extrañado de que nadie se le acercara a tocarle las narices. Por muy gamberros que fueran sus agresores, el frío que pasaron cayendo al agua en pleno invierno los debía de haber escarmentado. Bien podrían haberse cogido un resfriado y que no hubiesen asistido a clase aquel día.

En todo caso, debían de ser conscientes de la razón de aquel castigo y de que no podían buscar el amparo de nadie. Porque con independencia de cómo justificaran el haber estado nadando vestidos en el río en pleno invierno, no parecía que la noticia se hubiese convertido en la comidilla de los alumnos.

Tien aún caminaba prestando atención a su espalda, pero de pronto se detuvo al verlos en el cruce.

—Mira, son esos. ¿Ves la cara de imbéciles que tienen? —le dijo Waniguchi a Hirasaka señalándolos con el dedo.

Uno de ellos vestía ropa ancha, dándoselas de macarra, y los otros dos se pegaban a este cual riñoneras.

Los abusones hicieron como que no lo vieron, cuchichearon algo entre ellos y se largaron sin más. Tien presenció toda la escena sin moverse del sitio. Parecía aún más confuso, pero claramente más tranquilo.

«Pero Tien —se dijo Waniguchi para sus adentros—, no olvides que has ganado una batalla, pero no la guerra. Residir sin más en Japón no es especialmente complicado para un extranjero; pero dominar el idioma, aprender a desenvolverse en distintas situaciones asimilando correctamente los usos y costumbres japoneses y establecer lazos de amistad auténticos con los nativos no es tarea fácil. Aún te queda por recorrer un camino largo y difícil, valiente niño extranjero. Pero por hoy… Puedes darte por satisfecho y marchar tranquilo».

Fueron caminando unos pasos por detrás de Tien, que aceleraba a medida que se acercaban a Reciclajes Andrómeda. Cuando llegó, se precipitó hacia la puerta y la abrió con ímpetu. Era el taller de siempre el día de Nochebuena del año pasado. Waniguchi se sintió raro. Se veía a sí mismo. Estaba sentado en una silla con las piernas cruzadas con aire de superioridad. El Niño Rata trabajaba, para variar, moviendo las manos con su pericia habitual.

Waniguchi le habló a su yo pasado:

—Eh, tú, mi yo pasado. Atiende, que te estoy hablando.

Ni caso. Su yo pasado seguía sentado como si nada. No parecía oírlo.

Hirasaka le dijo:

—Lo siento mucho. Aunque podamos viajar en el tiempo, las personas que vemos no nos ven. No podemos intervenir en sus vidas y alterar lo sucedido hablando con ellas. Lo único que podemos hacer aquí es sacar fotos.

Waniguchi resopló cruzándose de brazos.

—Vamos, que ni siquiera le puedo advertir de que se ande con mil ojos.

—Me temo que así es. Alterar las vidas pasadas está rigurosamente prohibido. Aunque lo cierto es que carecemos de la capacidad de intervenir en ellas.

—Hola —dijo Tien con su peculiar acento.

El Niño Rata levantó la cara y lo miró. Waniguchi contemplaba la escena desde la silla. El Niño Rata puso la fotografía encima de la mesa.

—Esta fotografía estaba rota. Yo la he arreglado.

—¡Oh! —dijo Tien, y tocó la foto con delicadeza.

Las lágrimas comenzaron a rodar por sus mejillas. Las emociones eran universales.

—Este tío te ha juntado los jirones mirando con un microscopio —dijo Waniguchi señalando el artilugio que se veía al fondo—. Los colores que se habían perdido están pintados a mano. La imagen recompuesta lleva un revestimiento de... Bueno, quiero decir que ha alisado la superficie aplicando un producto químico con un pincel.

Tien sonrió con lágrimas en los ojos.

El Niño Rata le cobró un precio ridículo por el trabajo. Tien lo pagó todo con calderilla.

Waniguchi, que había estado observando la escena, le dijo a Hirasaka:

—Oye, Hirasaka, pásame la Leica.

Hirasaka sacó el exposímetro y midió la intensidad de la luz; después, buscó un encuadre en el que cupieran todos los allí presentes y miró por el visor de la Leica IIF. Manipuló algo de la cámara y se la entregó a Waniguchi.

Este la cogió y acercó un ojo al visor. Pudo ver dentro del encuadre a Tien, que reía y lloraba a la vez, al Niño Rata, con su gesto y pose inconfundibles, y a él mismo.

Él estaba con su expresión facial habitual, el Niño Rata también, y Tien con la cara arrugada sin que quedara claro si estaba riendo o llorando o las dos cosas al mismo tiempo. Era una escena pintoresca, pero no estaba mal, pensó Waniguchi.

Pulsó el disparador. Tuvo en sus manos una sensación como de algo que caía y encajaba suavemente haciendo toc.

Tien no paró de darles las gracias hasta que desapareció por la puerta.

Waniguchi le preguntó al Niño Rata:

—¿Fue intencionado lo de entregarle la foto el día de Navidad como si fuera un regalo?

Pero como este comenzaba a detallar el tiempo requerido para cada proceso de reparación, Waniguchi rio.

—Vale, vale, Niño Rata, ya lo he entendido.

Y no preguntó más.

Tien reapareció en el local al poco rato.

Traía a modo de obsequio una especie de bola de arroz glutinoso de un sabor peculiar envuelta en las hojas de alguna planta.

Waniguchi parpadeó. Cuando abrió los ojos estaban de vuelta en el estudio de fotografía.

—Buen trabajo —le dijo Hirasaka—. Le pongo un café.

Waniguchi se sentía como si hubiera regresado de un largo viaje.

—Gracias. Con dos cucharaditas de azúcar y un chorrito de whisky, por favor.

Se oyó cómo se iban moliendo los granos de café. Su deliciosa fragancia comenzó a flotar en el ambiente.

—Unos meses más tarde me clavaron la *katana* por la espalda —dijo Waniguchi, y cesó el ruido—. Sabía que tarde o temprano me iban a mandar al otro barrio de mala manera. La verdad, no sé quién habrá sido, pero de lo que estoy seguro es de que muchos me la tenían jurada. El caso es que tuve la mala suerte de toparme con el Niño Rata, que venía a trabajar cuando yo intentaba llegar al taller en busca de ayuda. El susto que se llevaría, el pobre, al verme allí, empapado de sangre.

Waniguchi estaba empezando a elegir las fotografías. Hirasaka le trajo el café.

—Voy a revelar las fotografías al cuarto oscuro —le dijo y añadió—: Si quiere ver el proceso de revelado, puede venir conmigo.

Pero a Waniguchi le incomodó la idea de estar dos hombres solos en un cuarto oscuro y rechazó la propuesta.

—No hace falta. Lo dejo en tus manos. Confío en que sepas sacarles el máximo partido a mis fotos.

—De acuerdo, como usted quiera. Puede confiar en mí —dijo Hirasaka sonriendo.

Mientras repasaba con calma las escenas de su vida inmortalizadas en cuarenta y siete años de fotografías diarias, Waniguchi volvió a recordar muchas experiencias que tenía olvidadas. «Mira que me han pasado cosas...», se dijo. Pensó que iba a poder seleccionarlas en un pispás, pero no fue así. Se quedaba absorto en cada imagen y tardó lo suyo en completar la tarea. La primera boda y el primer divorcio, el hijo al que no veía desde hacía años; luego, la segunda boda, el día que salió de la cárcel tras cumplir condena...

¿Cuánto tiempo estuvo absorto en la tarea?

—Muchas gracias por el esfuerzo —le dijo Hirasaka agradeciéndole la selección de las cuarenta y siete fotografías.

—Aquí tiene impresa la foto de antes.

Hirasaka le ofreció la fotografía con la delicadeza del enfermero que le entrega a un padre a su hijo recién nacido.

Waniguchi la cogió. Sentado en la silla, la contempló con mucho interés. «Veamos de lo que es capaz la f/2.8 Elmar».

Era una imagen en blanco y negro. «¿No es a color? Vaya...». A bote pronto, la falta de color le pareció una sosería.

La escena real se desarrollaba en un espacio tridimensional. La fotografía era una superficie lisa y pulida. Pero al contemplarla con más detenimiento, tuvo la impresión de estar viendo una delicada exfoliación de la escena real. La lágrima que estaba a punto de caer por la mejilla de Tien, de perfil y situado en el centro del encuadre, transmitía claramente la sensación de humedad propia del líquido. Su rostro al fondo de la escena, la invariable y modesta figura del Niño Rata, en un plano más cercano, y hasta las arrugas de su ropa integraban un conjunto armonioso bañado en la suavidad de la luz monocroma, cual escena memorable de un clásico del cine.

En fin, y en pocas palabras, era una buena foto.

—¿Qué? No soy mal fotógrafo, ¿eh? —dijo Waniguchi.

—Sin duda —respondió Hirasaka sonriendo—. Ya lo tenemos todo para completar la linterna giratoria, así que me pongo a ello sin más dilación —dijo, y tras recuperar la fotografía volvió al taller.

Waniguchi puso hielo en una copa y se sirvió whisky sin preguntar nada. Removió un poco la bebida con un dedo y se sentó a degustarlo tranquilamente. Paseando la mirada por la habitación, vio una fotografía enmarcada a modo de decoración. «Anda que decorar la habitación con tu foto, Hirasaka, tiene narices. Menudo Narciso estás hecho», pensó. Pero inmediatamente se acordó de que Hirasaka no guardaba memoria de su vida y de que había aparecido en aquel lugar con una única foto en la mano.

«O sea, que aquella era la foto que traía», pensó Waniguchi. La escudriñó tratando de deducir algo, como hacían en las novelas y películas de detectives que tanto le gustaban.

Se veía un monte al fondo e Hirasaka sonreía con expresión feliz.

Cuando, al rato, este reapareció para llamarlo, Waniguchi declaró con gesto serio y tono solemne:

—Esta cara de satisfacción que tienes aquí, amigo Hirasaka, es porque te compraste el monte que tienes detrás. Tú fuiste agricultor y te dedicabas al cultivo de setas *shiitake*.

—¿Al cultivo de... setas *shiitake*?

—Tienes cara de ser un amante de las *shiitake*. Conozco esta expresión. Estoy seguro de que acababas de comer algo rico.

«Si usted lo dice», parecía decir la expresión de Hirasaka, sin duda poco convencido de la deducción de Waniguchi, que añadió:

—Lo que quiero decir es que fuiste buena gente.

Los dos se quedaron un rato mirando la foto.

—Aquí está su linterna giratoria —le dijo Hirasaka invitándolo a pasar al cuarto blanco de enfrente.

Waniguchi entró en la habitación y se recostó cómodamente en el sofá, cruzando los brazos y las piernas. De pronto se sintió envuelto en un calorcillo muy agradable.

La linterna estaba encendida y su luz se proyectaba en el suelo blanco de la habitación.

—Por favor, disfrute de las imágenes de la linterna de principio a fin hasta que se detenga. Su viaje al otro mundo comenzará en ese mismo instante.

Las imágenes parecían irradiar luz propia a causa de la lámpara que las iluminaba por su cara interna.

—¿Preparado? Comenzamos —anunció Hirasaka, y tocó la linterna.

Esta comenzó a girar. A Waniguchi le pareció que cualquier cosa que girara con esta gracia debía de verse bonita. Hasta las escenas de la vida de un hombre que moría asesinado por una *katana*.

—Vaya vida más triste la mía.

Su rostro, orondo al año de vida, se iba afilando y alargando a medida que cumplía dos, tres y cuatro años, momento en que su madre se había ido de casa. ¿Viviría aún? Y si así fuera, ¿lo habría reconocido al ver las noticias de su asesinato? Aunque quién diría que era la misma persona viendo su cara de niño y la que tenía ahora. Desde luego, los informativos no buscaban que los delincuentes salieran favorecidos, así que habrían difundido la imagen que mejor reflejara su maldad.

O sea, que todas las decisiones que había tomado en su vida lo habían conducido a aquel baño de sangre, pensó.

Se fijó en una foto de cuanto tenía nueve años. Estaba subido en lo alto de una estructura de juego de un parque, oteando el horizonte.

A lo mejor, si las decisiones que empezó a tomar en aquel entonces hubieran sido otras en cada encrucijada —por ejemplo, pegar o no pegar al profesor un día cualquiera—, o si tan solo una de ellas hubiera sido otra, quizá su vida habría transcurrido por muy distintos derroteros.

Aunque si pudiera rebobinar y rehacer su vida, no descartaba que volviera a hacer lo mismo. Quizá incluso lo haría con más ganas —añadiría dos o tres patadas más, aunque no hicieran falta—. Sí, era lo más probable. Qué coño, estaba seguro. Si pudiera volver a darle de hostias al hijo de la gran puta del profesor aquel, no se le iba a volver a olvidar el cabezazo con el que debió hacerle la nariz añicos.

Esos «distintos derroteros» por los que no había transitado su vida nunca existieron. Su vida estaba hecha de las decisiones que había tomado en cada encrucijada —se fue haciendo en cada encrucijada— y no había habido ninguna otra al margen de ella.

Aun así...

—Si volviera a nacer, no me parecería mala idea montar una tienda de reparación y venta de objetos usados. ¿Un sueño soso? Quizá. ¿Y qué? —murmuró Waniguchi e Hirasaka sonrió en silencio.

Unos colores borrosos comenzaron a perfilarse. Aquella imagen en blanco y negro fue la última de su vida. No dejaba de ser un tanto triste que su última foto fuera una escena anodina con un tipo contrahecho y un niño llorando. «Pero bueno, qué más da», pensó.

—Hala, adiós —musitó Waniguchi.

La luz se fue intensificando a medida que la linterna frenaba. Cerró los ojos y su conciencia se fue apagando como cuando se quedaba dormido.

La linterna se paró.

La luz redobló su fulgor y la blancura envolvió la habitación.

La figura de Waniguchi se transparentaba y se fundía con la luz. Cuando cesó aquella incandescencia y la estancia recuperó su tranquila claridad, Waniguchi había desaparecido.

Hirasaka volvía a quedarse solo en la habitación. Mientras la linterna giratoria de Waniguchi hacía su trabajo, estuvo registrando la escena con la ayuda de una pequeña linterna de mano. Tuvo un acceso de nostalgia cuando vio la linterna parada.

La linterna de Waniguchi despedía una superposición de brillos azulados y vertía una luz potente en el suelo blanco.

El giro de esta había colocado frente a Hirasaka la fotografía en blanco y negro. Pudo ver a Waniguchi, al Niño Rata y al chaval vietnamita en ella. La última foto de Waniguchi. El Niño Rata estaba ahí, de pie, con su cara de rata.

«Ojalá puedan regentar algún día entre los dos una tienda de objetos reciclados», pensó Hirasaka.

Hurgó en los bolsillos y tocó algo con los dedos. Era el dulce que Waniguchi le había metido en el bolsillo. No se acordaba de él. Se trataba de una barrita de chocolate en cuyo envoltorio decía MERRY CHRISTMAS. El detalle impropio de Waniguchi le hizo sonreír.

Volvió a empuñar el bolígrafo. De pie frente a la linterna giratoria inmóvil, fue rememorando la conversación con Waniguchi y anotando detalles relevantes en la hoja de registro. El sonido del roce del bolígrafo contra la hoja era lo único que se oía en la habitación.

Yama, el repartidor, no tardaría en volver a aparecer con su habitual buen humor y sus alegres pasos saltarines. Pensó que podría invitarle a un té. Se sentía con ganas de charlar.

«Me caigo», pensó Waniguchi.

Volvió en sí y se encontró de pie junto a la cabecera de la cama de Kosaki.

«¿Qué es esto? ¿Por qué estoy con este?».

¿Acaso era él la *yumemakura*, la aparición de los muertos en sueños para anunciar su muerte a los vivos? «Pero ¿en qué clase de pocilga vive este tío? Al menos, podrías limpiarla y ordenarla mínimamente, so guarro», pensó. El futón parecía que llevaba allí tendido miles de años y estaba rodeado de recipientes vacíos de fideos instantáneos y revistas manga de las que se vendían en los quioscos. Kosaki estaba tumbado sobre la espalda, con la boca medio abierta y los brazos y las piernas extendidos y estirados.

Waniguchi le dio una patada. Sintió el golpe con claridad en la punta del pie. «Buenas sensaciones. Esto pinta bien».

—¡Despierta, Kosaki!

—¡Pe... pero..., señor Waniguchi..., hospital...! ¡Es una

aparición! *¡Namu amida butsu!* ¡Váyase, por favor! ¡Fuera los malos espíritus! ¡El cielo es por allí! —chilló señalando con un dedo la puerta de la calle.

—¡¿Malos espíritus?! ¡Maldito desagradecido!

Le pisoteó la tripa y volvió a sentir la presión en la planta del pie. Le resultó tan divertido que se puso a cantar y siguió aplastándolo sin parar, como si subiera y bajara una y otra vez un mismo escalón.

—Tengo que decirte algo importante.

Kosaki respiraba con dificultad bajo su pie. Waniguchi acercó la cara a la de Kosaki, que emitió un gritito de terror e intentó zafarse.

—Como no cuides del Niño Rata en el taller como hasta ahora —lo amenazó Waniguchi—, ¡volveré a aparecer y te las haré pasar canutas!

—¡De acuerdo, por supuesto, lo que usted diga! ¡Por favor, no me mate!

Waniguchi reviró los ojos e imitó la pose de un fantasma.

—Mi maldición es terrible, oh, sí, ya lo creo… ¡Apareceré en cualquier lugar y en cualquier momento! ¡Quitarás la tapa de la arrocera y allí estaré! ¡Abrirás el grifo de la ducha y saldré por la alcachofa!

—¡Ya lo he entendido, por favor, déjeme en paz! —gritó Kosaki desapareciendo despavorido bajo la manta.

Al instante siguiente, Waniguchi se encontró frente a la puerta de entrada de Reciclajes Andrómeda.

El rótulo con el reclamo REPARACIONES seguía allí.

Entró en el establecimiento y vio encima de la mesa de trabajo del Niño Rata un montón de papeles con complejas ecuaciones y dibujos que parecían esquemas. El milimétrico orden habitual estaba ligeramente alterado. ¿Será que el Niño Rata estaba otra vez enfrascado en algún encargo difícil?

El Niño Rata dormía bocarriba, recto y tieso como un palo, sobre una esterilla extendida en el espacio que quedaba de suelo libre en medio del taller. Era lo que solía hacer siempre que estaba muy atareado.

—Eh, Niño Rata —le dijo zarandeándolo.

Este se despertó y abrió los ojos. A lo mejor se encontraba mal. Parecía demacrado, con la cara chupada y los pómulos marcados. Todo ello acentuaba aún más sus rasgos de rata. Se incorporó y se levantó.

—Buenos días —dijo mirando alrededor. Pareció extrañado de que aún estuviera a oscuras—. Usted estaba averiado…

Esperó a que concluyera la frase, «Yo lo he reparado», pero no lo hizo. «¿Qué pasa, Niño Rata?», pensó.

—Lo siento.

Waniguchi se quedó atónito, el Niño Rata había pronunciado unas palabras de disculpa. El mismo Niño Rata, que en vida de Waniguchi no se había dignado pedir una raquítica disculpa por mucho que debiera o se lo pidieran, ahora lo hacía sin venir a cuento.

—Eh, eh, pero ¿qué demonios te pasa, Niño Rata? ¿Has comido algo que te ha sentado mal? —preguntó sin poder contener la risa.

El Niño Rata lo miraba fijamente.

—Usted se averió. Pero yo no pude repararlo —contestó, y continuó sin moverse—: Investigué durante días, pero no supe cómo hacerlo y fui incapaz de repararlo.

Siguió allí, quieto y en silencio, con la mirada clavada en Waniguchi.

—Me hubiera gustado repararlo —dijo al fin.

El sofocante calor húmedo le impedía conciliar el sueño. Kosaki se levantó de un salto. «Joder, ¡¿qué mierda he soñado?!». Waniguchi, que había muerto el día anterior, estaba de pie al lado de su almohada y lo había pisoteado repetidas veces mientras lo amenazaba con volver a aparecer y mortificarlo si no cuidaba del Niño Rata o se le ocurría despedirlo. Le dolía todo el cuerpo. En la tripa que le había pisoteado Waniguchi en sueños tenía un leve moratón. Cogió a toda prisa su cartera y corrió a comprar sal al supermercado veinticuatro horas más cercano.

—¿No tenéis una bolsa más grande? —preguntó nervioso, pero estaban sin existencias y solo tenían frascos pequeños.

Compró cinco. Era sal con ajo, pero lo mismo daba. Mezclado con lo que fuera, pero era sal, y con eso bastaba, pensó.

Cuando contó a sus colegas que Waniguchi se le había presentado en casa después de muerto, todos se chotearon de él, «anda, anda, deja de decir bobadas», le dijeron; pero era la verdad. A partir de aquel día Kosaki siempre llevaba consigo un frasco de sal para echárselo a Waniguchi en cuanto se le volviera a aparecer para que regresara al infierno en paz con el mundo y se quedara allí para siempre.

El extraño Niño Rata siguió en el taller. La muerte de Waniguchi no alteró sus hábitos ni ritmos de trabajo, y siguió haciendo exactamente lo mismo que antes. «Qué tío más raro, a este no hay quien lo entienda», pensaba Kosaki.

Ni Kosaki ni el Niño Rata conocían la opinión de la gente sobre Reciclajes Andrómeda, pero los clientes seguían viniendo como antes y el negocio no iba mal.

El Niño Rata había colocado en su mesa de trabajo al hámster de marras.

—¿Qué vas a hacer con esa rata? ¿Le vas a instalar un turbo o algo así?

El Niño Rata no dijo nada y comenzó a quitarle las pilas.

Luego, cogió al animal con las dos manos, como si lo abrazara con ellas y salió la calle. Kosaki sintió curiosidad por lo que fuera a hacer el Niño Rata y lo siguió.

El Niño Rata caminó sin titubeos hasta el malecón y puso el hámster con cuidado en el suelo. Acto seguido, se puso a arrancar hierba, después cogió un palo que había en el suelo y comenzó a cavar. El suelo era duro y al principio le costó levantar la tierra, pero esta se fue reblandeciendo poco a poco.

Kosaki cogió un fragmento de una maceta rota que encontró tirado cerca y le echó una mano.

Hecha la fosa y enterrado el hámster, los dos juntaron las manos delante de aquella tumba.

En el aire flotaba un agradable olor a tierra y un viento seco mecía la hierba. Había gente haciendo *running*, corriendo rítmicamente por la parte alta del malecón. Levantó la cara y vio la recta estela blanca que iba dejando un avión en el cielo azul. Se fijó en el Niño Rata y vio que miraba al cielo, igual que él.

Siguieron allí, observando la línea que había dibujado el aeroplano hasta que esta se fundió con el azul.

3
Mitsuru y la última foto

Oyó unos pasos que se aproximaban. Eran pisadas musicales y rítmicas, como de saltitos alegres.

Toc, toc, toc, toc, toc, sonaron joviales los golpes de los nudillos contra la puerta.

—¡Reparto, reparto! ¡Hirasaka, ya estoy aquí! —dijo la voz de siempre.

«Pero mira que es feliz este hombre haciendo todo el rato lo mismo», pensó Hirasaka mientras abría la puerta.

Yama llevaba su gorra calada al revés, como acostumbraba, pero ese día venía sin el carrito.

—Aquí tienes a tu cliente de hoy —dijo entregándole un sobre.

«O sea, que no lo ha necesitado porque son muy pocas fotos —pensó—. Quizá se trate de un niño».

Hirasaka se dispuso a firmar la nota de entrega.

Yama le dijo algo extraño:

—Este cliente viene con fotos, pero esta vez no tendrás que trabajar. Creo que puedes quedarte tomando tranquilamente un té en el estudio y asunto concluido.

Hirasaka recordó que había tenido un caso similar hacía tiempo. Uno de esos raros en los que se conseguía reanimar a alguien que se creía muerto.

—De acuerdo. Por la cantidad de fotos que traes, supongo que será un niño. Así que me alegro de que se haya recuperado.

Pero no se le pasó por alto la repentina palidez del rostro de Yama y añadió:

—Déjame ver la carpeta.

Yama solía entregarle las carpetas entre bromas, pero esta vez la seguía sujetando bajo el brazo y ni siquiera parecía dispuesto a abrirla. Hirasaka insistió. Yama siguió sin reaccionar. Nunca antes lo había visto así.

—Dame la carpeta.

—Esta chiquilla no ha hecho más que sufrir toda su vida y morirá dos veces. Pienso que es mejor que no conozcas los detalles de su vida. Por eso te decía que puedes quedarte tranquilamente tomando un té y...

—¡Dámela de una vez! —lo conminó.

La carpeta que le entregó Yama llevaba una nota adhesiva roja: una alerta por muertes violentas, como asesinatos o suicidios. Yama siguió hablando mientras Hirasaka leía.

—Hirasaka, escúchame. Ya no puedes hacer nada por esta cría. Tenemos terminantemente prohibido alterar los destinos, y si lo intentásemos, nos acusarían de un gravísimo delito. Y, además, sabes que un guía no está capacitado para intervenir en las vidas pasadas.

—Lo sé.

—Anda, venga, invítala a un té rico, que eso sí que puedes hacerlo —dijo, y se fue.

Notó una presencia humana y al instante vio a una niña tumbada en el sofá. Esa chiquilla debía de ser su próximo cliente.

Era una niña de corta edad. Tenía el pelo mal rapado. Estaba muy delgada y apretaba los párpados como si estuviera teniendo una pesadilla. Llevaba puesto un forro polar raído y, debajo, una camiseta con estampado de camuflaje. Sus piernas se alargaban rectas por las perneras del pantalón corto negro. Aún debía de estar dormida.

Sacó las fotos del sobre procurando no hacer ruido y las extendió con cuidado sobre el mostrador.

Las manos de Hirasaka se detuvieron. Se quedó así un buen rato. Después, recogió con gesto pesado las fotografías y las devolvió al sobre. Miró a la cría, que seguía dormida.

De pronto, como alertada, la niña abrió los ojos con pavor.

Parpadeó varias veces antes de que su mirada se cruzara con la de Hirasaka.

—Bienvenida, señorita Yamada.

Debía de tener miedo de él. Se tapó la cara con el brazo, como si temiera una agresión, y se quedó encogida en un rincón del sofá.

—A ver, por dónde empiezo… Bueno, en primer lugar, decirte que te estaba esperando, porque desde mucho antes estaba decidido que vinieras aquí.

Seguía mirándolo con recelo. No se movía.

—Te llamas Mitsuru, ¿no?

La niña asintió fugazmente.

—A ti… ¿qué te gusta de comer? Tengo tartas, zumos… Todo lo que te apetezca. Oh, sí; perdona, que ni siquiera me he presentado. Yo me llamo Hirasaka y soy el dueño de este estudio de fotografía. ¿Te vienes conmigo a esta habitación?

Los hombros de Mitsuru temblaron. Negó con la cabeza. Era evidente que tenía miedo porque no sabía dónde estaba ni quién era el hombre que tenía delante. Hirasaka pensó que lo mejor era explicarle claramente lo que estaba sucediendo.

—Mira, Mitsuru, te voy a contar lo que está pasando, ¿vale? Tú acabas de morir y estás de camino al cielo. —El rostro de Mitsuru recuperó algo de color—. Este estudio de fotografía es una especie de lugar de paso antes de continuar tu viaje al destino final. Toda la gente que muere pasa por aquí. Así que no te preocupes. No tienes nada que temer. Estoy aquí para ayudarte, ¿de acuerdo?

—¿Me he muerto? —dijo con voz queda.

Después, agachó la cabeza y se quedó mirándose las manos.

—Así es, por desgracia.

Mitsuru siguió con la cabeza gacha.

—Tenemos algo de tiempo. ¿Quieres que vayamos a jugar a algún sitio?

Volvió a negar con un gesto.

—Podemos ir al parque y comer chocolate o algún otro dulce. Luego, jugaremos en los columpios o nos lanzaremos una pelota de béisbol. Más tarde, comeremos unas batatas asadas… Será divertido, ya lo verás.

La palabra «chocolate» pareció hacer reaccionar a Mitsuru.

—¿Te gustan los helados?

Los ojos de la chiquilla se movían de un lado a otro, como si dudara.

—Insisto, Mitsuru, no tienes nada que temer, te lo aseguro. Conmigo puedes estar tranquila. Guiar a su destino final a la gente que llega aquí es mi trabajo. ¿Sabes que incluso podemos viajar en el tiempo con una cámara de fotos?

Abrió la puerta del cuarto de equipos de fotografía y le mostró su interior. No parecía estar entendiendo muy bien lo que Hirasaka le decía, pero Mitsuru asintió sin decir nada.

—Ya verás qué bien nos lo vamos a pasar. Voy a elegir una cámara por ti, ¿de acuerdo? Dame un segundo.

Hirasaka volvió enseguida con una. Escogió una que le había recomendado un cliente al que le encantaba charlar. Era, además, con la que Hirasaka estaba más familiarizado.

—Esta es la Nikon F3. Es una cámara muy buena.

Mitsuru no mostró ningún interés por la máquina y enseguida miró para otro lado.

—Venga, nos vamos. Acércate. Ponte aquí a mi lado.

Mitsuru se acercó y se colocó frente a la puerta, aunque algo separada de Hirasaka.

La fecha que Hirasaka eligió para la última foto de Mitsuru fue el 16 de marzo.

Notó una ligera molestia en la planta de los pies. Hirasaka y Mitsuru estaban de pie en una carretera de montaña de doble sentido. Aún no había amanecido del todo, pero comenzaba a clarear y pudo ver por entre las ramas de los árboles la luz del alba perfilando las crestas de las montañas al fondo. Los hombros de Mitsuru sufrieron una nueva sacudida, como si el instantáneo traslado de lugar la hubiera vuelto a asustar, y a punto estuvo de salir corriendo cuesta abajo.

—Tranquila, chica, tranquila. Vamos a ir bajando a pie y cuando lleguemos a la parada del bus, tomaremos uno y buscaremos un sitio para jugar.

Mitsuru caminaba muy despacio y cabizbaja, a bastante distancia por detrás de Hirasaka. Estaban cerca de la casa de Mitsuru, así que debía de conocer el lugar y el camino, aunque no parecía saber muy bien qué hacer. Era como si no estuviera muy convencida de seguir los pasos de Hirasaka, pero lo hacía porque carecía de alternativa.

Después de un buen rato bajando por aquella carretera flanqueada continuamente por quitamiedos, salieron a una zona de huertas en que se divisaban algunas viviendas. Vieron una parada de bus. Era una sencilla marquesina de madera a modo de cabaña con un banco corrido dentro. El horario colgado en una de sus paredes informaba de que solo pasaban dos autobuses cada hora. Hirasaka y Mitsuru se sentaron en el banco, uno en cada extremo.

¿Qué pájaro sería? El canto de un ave resonó a lo lejos en la atmósfera clara de la mañana.

Un estudiante de instituto, que por la bolsa de deporte que llevaba parecía jugar al béisbol, se sentó en el banco en medio de los dos. Debía de tener sueño porque no dejaba de bostezar.

Al rato llegó el autobús. Los tres subieron. Mitsuru se sentó en el asiento del fondo.

Hirasaka se dejó mecer por el traqueteo del vehículo. Pensó en lo largas que eran en los pueblos las distancias entre las paradas. En una de ellas, subió una familia. Al pequeñín de esta se lo veía muy contento viajando sobre las rodillas de su padre. Hirasaka distinguió entre el equipaje de la madre una esterilla de pícnic, una cantimplora y una bolsa con fiambreras. También llevaban una cámara grande, seguramente para hacer alguna foto en familia.

El autobús siguió su trayecto y salió a un área llana y abierta. La grabación que anunciaba las paradas avisó de la llegada al Parque Central. Hirasaka le hizo un gesto con la mano a Mitsuru, que seguía sentada en el mismo sitio. Ambos bajaron detrás de la familia.

El sol vertía su cálida y placentera luz en aquel día del entretiempo entre el invierno y la primavera.

La expresión de Mitsuru apenas se inmutó, pero un brillo fugaz atravesó su mirada cuando Hirasaka le dijo:

—¿Ves aquel supermercado veinticuatro horas? Vamos, que te compro lo que quieras.

Entraron en el establecimiento. A Mitsuru se le iban los ojos a las estanterías. Pegó un grito de sorpresa cuando otro cliente del establecimiento que venía caminando de frente la atravesó en vez de chocarse con ella.

—La gente no nos ve ni nos oye. Nadie puede hacerlo. Así que puedes estar tranquila.

Mitsuru se tocaba el cuerpo incrédula.

—¿Has oído hablar de las «ofrendas» que se hacen en los altares? Seguro que sí. Habrás visto que se coloca fruta y otros alimentos para ofrecérselos a los muertos. Pues que sepas que se ponen ahí para que los comamos. Venga, señálame lo que te apetezca.

Al principio le daba un poco de vergüenza, pero cuando Hirasaka le dijo: «No te preocupes por el dinero. Puedes comprar todo lo que quieras sin ninguna limitación», comenzó a apuntarle con fruición por todas las estanterías. Cada vez que lo hacía, Hirasaka cogía lo que le había indicado Mitsuru, concentraba su atención y extraía con cuidado bolsas de palomitas, de nubes, etcétera. Mitsuru pareció muy sorprendida al ver cómo los artículos que deseaba se duplicaban al contacto con la mano de Hirasaka, quedando el original en la estantería y la réplica en la mano de este.

Mitsuru sentía curiosidad por lo que haría Hirasaka al pasar por caja y se lo quedó mirando. Para tranquilizarlo, este le dijo:

—Voy a pagar, no te preocupes. —Y, a continuación, se dirigió al dependiente, que en ese momento miraba hacia otro lado—: Nos llevamos esto. Aquí le dejo el dinero. —Hizo como que pagaba.

Llegaron al parque y empezaron por los dulces. Mitsuru engullía. Debía de estar hambrienta porque comió mucho.

En el parque había distintos juegos y estaba muy animado con familias que disfrutaban del día.

Mitsuru parecía no saber muy bien cómo actuar. Hirasaka la invitó a jugar con él. La sentó en un columpio y le empujó suavemente la espalda. Después, probaron juntos el tobogán curvado. La aceleración de la bajada provocó que la niña pegara un grito de emoción. También había un pequeño estanque y lanzaron piedras haciéndolas rebotar en la superficie del agua. Mitsuru se fue animando cada vez más, hasta que empezó a jugar sola. Hirasaka la seguía con la mirada. Iba y venía saltando por las piedras que cruzaban el estanque, estiraba los brazos y se colgaba de los aros suspendidos…

Hirasaka vio que había un mirador al final del camino que serpenteaba por la ladera del monte y le sugirió a Mitsuru subir:

—Mitsuru, hay un mirador allá arriba. ¿Vamos?

Según las indicaciones, se trataba de un recorrido a pie de unos veinte minutos. A Hirasaka le pareció la distancia perfecta para ir y venir dando un paseo.

El camino avanzaba entre árboles y los escalones de piedra que se sucedían estaban cubiertos de hojarasca.

A cada paso se alejaban de la algarabía del parque, reemplazada progresivamente por el delicado crujir de las hojas secas bajo sus pies. El aire era limpio.

En unas ramas desnudas de hojas Hirasaka encontró algo que parecía una pelota verde.

—Fíjate en eso, Mitsuru. Es muérdago, una planta distinta del árbol que le presta sus ramas para que crezca en ellas.

Mitsuru levantó la cara para mirar hacia arriba.

Caminaron subiendo cada escalón de piedra con paso firme. Aunque Hirasaka no estaba seguro de que Mitsuru le estuviese prestando atención, seguía hablándole.

—El objetivo que lleva esta cámara se llama GN Nikkor. Como puedes ver, abulta muy poco y no estorba ni siquiera en caminatas por la montaña.

Mitsuru miró brevemente a Hirasaka cuando este le mostró el aparato.

—¿Lo ves? —le dijo, y le enseñó cómo quedaba la máquina colgada de la correa al hombro y cruzada al pecho.

—¿Te gustaría sacar una foto? Voy a prepararte la cámara para que solo tengas que pulsar el disparador después de encuadrar en el visor la escena que quieras, ¿de acuerdo?

Hirasaka aplicó los ajustes oportunos a la cámara para facilitar el enfoque.

—Aquí tienes —le dijo entregándole la cámara.

A Mitsuru se la veía ahora con ganas de mirar por el visor. Hirasaka le colgó la cámara al cuello. La máquina se veía bastante grande en las manos de la niña. Enseguida se puso a apuntar a todos lados con el objetivo. Hirasaka le indicó la posición del disparador y el funcionamiento de la palanca para avanzar el carrete. Al principio pulsaba el disparador con mucho respeto, pero pronto empezó a divertirse y se puso a hacer fotos a diestro y siniestro.

Hirasaka se adelantó para llegar antes al mirador. Cuando se dio la vuelta y miró atrás, vio a Mitsuru sacándole fotos mientras subía las escaleras. La saludó agitando los brazos en alto.

—¡Ánimo, Mitsuru, que ya llegas!

En el mirador había algunas familias.

Vieron a una niña que gritaba:

—¡Maestra!

Tenía una mano apoyada en una piedra redonda.

Seguidamente, un chico que parecía su hermano mayor puso la suya en la misma piedra y gritó también:

—¡Astronauta! —Y añadió—: ¡Empleado de la NASA!

—No puedes pedir dos deseos, chaval —le dijeron, y el chico rio.

—Ojalá tu sueño se haga realidad, cariño. Quizá si no te olvidases tanto de hacer los deberes, podrías llegar a serlo —le dijo su madre acariciándoles la cabeza a los dos.

—Empleado de la NASA, nada menos. Vas a tener que estudiar mucho, chico —añadió su padre con una sonrisa mientras les hacía fotos a los tres.

El paisaje era hermoso desde allí y los miembros de aquella familia se turnaron para hacerse fotos. Hirasaka pensó que, si lo pudieran ver, se habría ofrecido de mil amores para hacerles una.

Cuando todos se fueron, el lugar quedó en silencio.

La piedra que tocaban para pedir deseos era redonda, lisa y lustrosa. Además, tenía el tamaño de un adulto en cuclillas.

Hirasaka se fijó en el cartel que había en la piedra. Decía que, si se pedía un deseo y regresaba su eco, este se cumplía. Ahora lo entendía: los niños gritaban lo que querían ser de mayores. La parte en la que habían colocado la mano brillaba más que el resto, de lo que se deducía que miles de manos se habían posado allí. «¡La de sueños que se habrán proclamado en este lugar!», pensó.

—Mitsuru, por lo visto, si pones tu mano aquí, gritas lo que te gustaría ser en el futuro y vuelve el eco de tu voz, el deseo se cumple.

Mitsuru se quedó quieta y muda mirando al suelo. Al rato, musitó mientras movía la cabeza a los lados:

—No me hace falta. Sé que es imposible —dijo como si hablara al suelo y levantó la cara para mirar a Hirasaka y preguntarle—: ¿Y tú?

—¿Cómo? ¿Te refieres... a lo que me gustaría ser? —Mitsuru asintió—. Pues... no sé... ¿Qué quería ser yo?

Titubeó tratando de hallar una respuesta, una que pudiera despertar cierta admiración de Mitsuru al tiempo que resultase instructiva. Pero ninguna de las que se le ocurrió le pareció auténtica y no se atrevió a verbalizarla.

Lo que le hubiera gustado ser.

Lo que había querido hacer.

Llevaba tiempo intentando averiguarlo.

—Si te soy sincero, es algo en lo que he pensado muchas veces sin encontrar la respuesta. —Se quedaron callados contemplando el paisaje hasta que añadió—: Pero me da la sensación de que por fin la tengo; por fin creo que sé lo que debo hacer.

Hirasaka apoyó su mano en la piedra. Notó una superficie realmente pulida, placentera al tacto, que invitaba a seguirla acariciando. La gente colocaría la mano en la piedra con el corazón rebosante de ilusiones y esperanzas.

Hirasaka pidió un deseo. No gritó, ni siquiera lo dijo; pero lo hizo con fervor.

Desde la altura del mirador se podía contemplar todo el paisaje en derredor. La gente que jugaba en el parque se veía minúscula. Los juegos y la ropa de los niños creaban un espacio de coloridas miniaturas. Había niños correteando por todos lados. Quizá jugaban a policías y ladrones. Otros saltaban a la comba. No se cansaba de admirar la escena.

Mitsuru observaba el parque por la mirilla de la cámara. Hirasaka notó que buscaba su aprobación para seguir sacando fotos. En cuanto le dijo: «Tú tranquila, Mitsuru, saca todas las que quieras», esta se volvió a centrar en la cámara y siguió a lo suyo.

Corría una brisa agradable.

Hirasaka colocó las palmas de las manos alrededor de la boca y le susurró a Mitsuru:

—Mira, Mitsuru, a ver si me sale.

La niña lo miró con curiosidad.

—¡Aaah! —gritó Hirasaka.

Mitsuru pareció asustarse.

«Aaah», retornó el eco de la voz de Hirasaka en suaves intervalos regulares.

—Eso es el eco. Prueba tú también, Mitsuru —le dijo, pero a esta le costaba levantar la voz—. Haz como si sacaras la voz desde el estómago, así lo harás mejor. Vamos, grita, inténtalo.

La vocecita inicial fue creciendo poco a poco.

—¡Más alto!

—¡Aaah...!

«Aaah», respondió el eco de Mitsuru.

A la niña parecía divertirle aquel intercambio de voces, porque sonrió tímidamente.

—¿No te da la sensación de que las preocupaciones se van volando cuando gritas? —le dijo Hirasaka, y volvió a gritar—: ¡Aaah!

Mitsuru lo imitó.

—Vamos, Mitsuru, más alto. ¡Grita!

Mitsuru pegó un gran grito. Hirasaka la miró y vio que tenía gotas de sudor en la frente. Se rio al fin. Era la primera vez que la veía reír con franqueza.

Mitsuru sacó una chocolatina, la abrió rasgando con ansia el papel de plata del envoltorio y se la comió de un tirón.

—Ten cuidado con comer tantas chuches. Te pueden salir caries —le advirtió Hirasaka.

—No pasa nada —repuso Mitsuru.

Mitsuru estaba mucho más receptiva y confiada cuando iniciaron la bajada, y hasta mantenía breves intercambios con Hirasaka.

Vieron a unos niños jugando en el parque al otro lado de una arboleda. Algunos árboles tenían una gran acumulación de hojarasca en su base. Hirasaka comenzó a apartar con la punta del zapato las hojas caídas, como si buscara algo entre ellas.

—Mitsuru, coge todas las hojas secas que puedas. Vamos a aprovecharlas para asar las batatas que compramos antes.

La chiquilla se alegró y se puso manos a la obra, amontonó todas las hojas en un mismo lugar.

Lavaron las batatas entre los dos y las envolvieron bien prietas en papel de plata.

—Procura no dejar resquicios, si no, se queman.

Mitsuru metió las batatas debajo de las hojas. Luego se quedó mirando el montón de hojas como si se preguntara con qué le prenderían fuego.

—Como yo no fumo, no tengo mechero —dijo Hirasaka, y Mitsuru pareció decepcionada—. Pero no te preocupes, que sé cómo hacer fuego.

Hirasaka quitó el objetivo de la cámara. Después, abrió el diafragma y proyectó una luz circular en el suelo a través de la lente.

—Encuentra la hoja más oscura que puedas, Mitsuru, que son las que mejor prenden.

La niña hizo lo que se le pidió y sacó una negra del montón.

—Déjala en el suelo. Y ahora, atenta.

Hirasaka concentró el haz en la hoja negra. Cuando el circulito de luz se transformó en un punto minúsculo, comenzó a levantarse humo.

—¡Hala...!

—¿Lo ves? Se puede prender fuego con una lente, sin cerillas ni mecheros. Y si ni siquiera tuvieses una lente, puedes hacerlo incluso con una bolsa de plástico con agua.

Con la ayuda de una rama, Hirasaka dibujó en el suelo

una bolsa de plástico y varios haces de luz que salían de ella y se enfocaban en un punto.

—¿De verdad?

—Claro. Se trata de concentrar la luz. Prueba a hacerlo.

Le dio a Mitsuru la lente para que hiciera lo mismo.

Al momento, la hoja comenzó a desprender humo.

—¡Hala, he podido hacer fuego!

—¿Lo ves? Las cosas de color oscuro prenden mejor. Recuérdalo. Seguro que te será útil. Y fíjate en esto también —dijo rascándose el bolsillo para sacar unas hebras y polvillo de algodón—: la llama inicial suele ser débil, pero puedes aprovechar la pelusa y las fibras de algodón de la ropa para avivarla.

Los echó en la hoja humeante y el humo se hizo más denso enseguida.

—Así se va avivando el fuego. Ahora, ya la puedes soplar para que la llama se extienda al resto de las hojas.

Dicho y hecho, la chispa se propagó rápidamente por el resto del montículo hasta formar una hoguera. Mitsuru acercó la cara a las llamas para soplar, pero acabó tragando humo y se puso a toser, cof, cof, cof.

—¿Estás bien? Procura no aspirar mucho humo, que es malo para el cuerpo. Si te vieras envuelta en un incendio, por ejemplo, deberías taparte la boca con una tela mojada y respirar a través de ella. ¿De acuerdo?

—Vale —aceptó dócil Mitsuru.

La hoguera siguió ardiendo un buen rato. Hirasaka se sentó al lado de Mitsuru para contemplar en silencio las formas cambiantes del fuego.

Después de un rato, hurgó con una rama el montón de hojas calcinadas y la clavó en una batata grande. El palo la atravesó con suavidad. Estaba perfectamente asada, lista para comer.

—Vamos a probarla.

Hirasaka la partió en dos sin quitarle el papel de plata y le dio una de las mitades a Mitsuru. La mordisquearon entre soplidos para no quemarse y saborearon el característico dulzor del tubérculo.

—Qué rico. Me encanta —dijo Mitsuru en voz baja.

Acto seguido, cogió la cámara para sacarle fotos a las batatas.

—Es mejor que alejes un poco más el objetivo de la batata para que la imagen no salga borrosa. Algo así —le sugirió Hirasaka abriendo los brazos para indicarle la distancia a la que debía situarlo.

Mitsuru dio tres pasos hacia atrás y fotografió los boniatos que quedaban encima de las hojas. Después, sonriendo con timidez, apuntó con la cámara a Hirasaka.

—¿Puedo sacarte una foto a ti? —le preguntó.

—Claro que sí —dijo Hirasaka sonriendo también.

El obturador se accionó e hizo su característico ruido.

—¿Nos comemos las batatas y nos vamos? Voy a revelar las fotos en cuanto lleguemos al estudio para que las veamos juntos.

Mitsuru murmuró un «Vale» y asintió feliz.

Hirasaka le ofreció la mano, pero Mitsuru vaciló.

—De acuerdo, como quieras —dijo Hirasaka riendo comprensivo y echó a andar.

Entonces, Mitsuru se le acercó y se la cogió.

Daban un paseo juntos cuando de repente ya estaban de vuelta en el estudio. Mitsuru miraba a todos lados con la boca abierta, sorprendida del repentino cambio de lugar.

—Vamos a ver qué tal han salido las fotos.

Rebobinó la película, abrió la tapa trasera de la cámara, extrajo el carrete y se lo mostró a Mitsuru.

—¿Las fotos están ahí dentro? —le preguntó Mitsuru.

—Sí, aquí están, pero ahora no las podemos ver. Tenemos que utilizar unos productos químicos para poder hacerlo —le explicó Hirasaka—. Debemos meter el carrete y una solución en este tanque de revelado.

Mitsuru pareció interesada en el proceso cuando Hirasaka le mostró un tanque de revelado que parecía un tubo de acero inoxidable y una bobina del mismo material para enrollar la película.

Hirasaka apagó las luces y dejó la habitación a oscuras, lio la película en la bobina y la introdujo en el tanque de revelado. Al encender la luz, Mitsuru parpadeó varias veces. El tanque parecía más grande de lo que era en las manos de Mitsuru.

Verter la solución de revelado y repetir la secuencia agitar-reposar era algo nuevo que entretenía a Mitsuru, y esperaba con ansia las instrucciones —«Muévelo durante diez segundos; ahora, descansa un poco...»— que le iba dando Hirasaka.

Cuando terminó el lavado con agua y Hirasaka extrajo la película de la bobina, se vio una imagen perfectamente encuadrada.

—¡Hala! —dijo Mitsuru levantando la voz—. ¡Son las fotos que hice yo!

Descansaron un poco mientras esperaban a que se secara la película.

—Todavía queda mucho que hacer, no te vayas a creer. Ahora, vamos a fijar la imagen en un gran papel y la convertiremos en una foto propiamente dicha.

—¿Qué significa… fijar la imagen?

—Pues… imprimir la imagen en forma de foto. Elegiremos una de entre todas estas. ¿Cuál te gusta?

Mitsuru se decantó tímidamente por la estampa de Hirasaka en primer plano mordiendo una batata.

—Voy a fijarla, ¿de acuerdo? Volvemos a la oscuridad —anunció Hirasaka al tiempo que apagaba todas las luces salvo la de seguridad, sumiendo el cuarto en una penumbra anaranjada.

Durante la fijación de las imágenes en blanco y negro resultaba posible observar el proceso de principio a fin.

Al filtrar la luz a través del negativo, la imagen quedó patente y Mitsuru se alegró al verla.

Hirasaka preparó el papel fotográfico en la oscuridad naranja.

—Voy a aplicar un destello a este papel fotográfico, ¿de acuerdo? Atenta.

Mitsuru se mantuvo muy concentrada, incluso un poco tensa, para no perderse aquel instante.

Se produjo la luz que atravesó la imagen. Pero el papel fotográfico permanecía blanco.

—No veo nada… —dijo Mitsuru, que seguía sin ver más que una superficie blanca.

—Ahora, lo cogemos y… —Hirasaka lo sumergió en la solución reveladora—, fíjate, Mitsuru.

Transcurrieron unos segundos y la imagen emergió en el papel como por arte de magia. Mitsuru parecía realmente sorprendida.

—¡Ha aparecido de la nada!

—¿Qué te parece? Interesante, ¿verdad?

Mitsuru asintió con un gesto de cabeza.

Cuando, para terminar, Hirasaka sumergió el papel fotográfico en la cubeta de lavado con agua, su mirada coincidió con la suya en la imagen.

Desafortunadamente, la batata asada había quedado fuera del encuadre y no se veía. Pero sí el vaho que había desprendido el tubérculo partido y, detrás de él, su rostro sonriente. Tenía una sonrisa candorosa, franca, con arrugas en las comisuras de los ojos ante la feliz perspectiva de degustar una deliciosa batata asada. Para Hirasaka fue una novedad verse con aquella expresión de sincera felicidad. Las hojas de los árboles al fondo brillaban, recibiendo todas y cada una la luz del sol. Era pasado el mediodía de un día festivo, un momento de paz y sosiego que fluía sereno por el parque, y que se reflejaba con idéntica parsimonia en la imagen.

—Pienso que has sacado una foto muy buena, Mitsuru —le dijo, y esta asintió muy contenta.

Salieron del cuarto oscuro e Hirasaka le ofreció un taburete a Mitsuru.

—Muchas gracias por tu ayuda, Mitsuru. Espera aquí sentada hasta que esté hecha la foto, ¿vale? —le dijo.

La niña volvió a asentir e hizo lo que se le pedía. Las piernas no le llegaban al suelo y se quedó balanceándolas.

—Enseguida vuelvo. Ah, por cierto, voy a traerte un vaso de leche de soja. Ya verás qué rico. ¿Piensas esperarme haciendo origami?

Mitsuru estaba de espaldas a Hirasaka.

Tenía el pelo rapado. Su cuello era fino y se le veía la

nuca. Parecía muy concentrada en sus manos mientras hacía alguna figura de papel.

Hirasaka mezcló con una cucharita la harina de soja, el azúcar y la leche. Se levantó un vaho fragante de la taza.

—Aquí tienes.

Mitsuru sonrió cuando Hirasaka le entregó la taza. Pero cuando fue a cogerla…

¡Crash! La taza se hizo añicos contra el suelo.

—¡Lo siento, lo siento, lo siento! —exclamó Mitsuru angustiada agachándose rápidamente para recoger los fragmentos de porcelana.

Hirasaka se fijó en que sus manos se transparentaban ligeramente y dejaban ver el suelo.

—Tranquila, Mitsuru —dijo Hirasaka, y alargó su mano para detener las de la cría, pero las atravesó como si no estuvieran ahí.

La figura de Mitsuru se iba desvaneciendo.

Mientras desaparecía, Mitsuru gritó:

—¡Ayúdame, por favor!

—¡Tranquila, Mitsuru, no te preocupes, confía en mí! ¡No te preocupes, Mitsuru!

El flujo de la conciencia de Mitsuru se interrumpió con las últimas palabras de Hirasaka y se hundió en la oscuridad.

«¿Dónde estoy?».

Mitsuru se despertó con el cuerpo dolorido de los pies a la cabeza. Intentó mover las piernas y lo que oyó fue el tintineo metálico de la argolla y las cadenas que la tenían amarrada por los tobillos.

Aún seguía en la terraza.

Cerró los ojos, agotada y desesperada.

La terraza estaba construida en el espacio que dejaban dos edificios abandonados, un hueco a duras penas iluminado por la luz del día. Mitsuru llevaba encadenada allí desde la noche anterior.

Notó algo pegado en la frente. Se la tocó y sintió mucho dolor. Debía de ser sangre seca. No recordaba durante cuánto tiempo había sido golpeada porque, durante la agresión, había desconectado su conciencia de la realidad para refugiarse en el techo.

Había sucedido la noche anterior. Su padrastro la había reprendido y la había molido a puñetazos. La pegó con saña una y otra vez. Pero ella fijaba la vista en el techo y contemplaba la escena desde allí, como si fuera algo que le estuviera sucediendo a otra persona. Su madre estaba al otro lado de la habitación y miraba el móvil como si nada. En un momento dado, dijo:

—Tampoco te pases pegándole, ¿eh?, que no quiero problemas. —Sin siquiera levantar la cara del móvil añadió—: Pero la culpa la tienes tú, Mitsuru, así que más vale que tomes nota para la próxima.

—Joder, me duele la mano —dijo el tipo como si escupiera, y se fue por el palo de golf que tenía en una esquina de la habitación para proseguir con la paliza.

En ese momento, Mitsuru ya no podía moverse y no intentó huir. Aquel miserable ni siquiera jugaba al golf. Había comprado los palos solo para agredirla cuando le diera la gana.

Le daba igual con qué la golpeara. De hecho, todo le daba igual. Solo quería que cesara el dolor.

El cuarto de Mitsuru era la caseta del perro colocada en la terraza entre montañas de basura. El perro también había muerto a manos de su padrastro. La manta llena de pelos del animal era su única protección en aquel estercolero.

Mitsuru había aprendido a trasladar su conciencia al techo en cuanto el tipo iniciaba su «sesión de disciplina». «Que todo termine cuanto antes, por favor —rezaba—. Ojalá se acabe de una vez. Todo».

El tipo arrojó el cuerpo ensangrentado de Mitsuru a la terraza como una bolsa más de basura. Sus talones cayeron al suelo una fracción de segundo después que el resto del cuerpo, rebotando y chocando dos veces contra el piso. El tipo encadenó a Mitsuru por los tobillos. Unos instantes después, la niña oyó el golpe de la ventana al cerrarse y el clic del pestillo. Abrió mínimamente los ojos y vio a su madre candando la ventana.

—Aprende a comportarte de una vez —la oyó decir.

Sabía que era inútil rogarles para que la dejaran entrar, ni había vecinos que pudieran ayudarla, así que ni se molestó en pedir socorro. El invierno acababa de comenzar y hacía mucho frío. Se tapó con la manta. Comenzó a caer una lluvia gélida y el agua empezó a filtrarse por el tejado de la caseta del perro, mojándole la cabeza y la manta. Todo le daba igual.

Se abandonó... y soñó.

Soñó que jugaba con alguien.

Con un hombre bueno.

Debía de tener los ojos muy inflamados porque cuando se despertó le costó abrirlos. Consiguió despegarlos un poco.

La luz del sol le iluminaba la cara. Debía de estar justo encima del estrecho hueco entre los dos edificios.

La claridad la deslumbró.

Iba a volver a cerrar los ojos cuando distinguió algo que brillaba en su campo visual. Se fijó y supo que era el brillo de la luz que caía en algún objeto.

Los cachivaches y la basura abandonados y mojados por la lluvia reflejaban los rayos del sol: recipientes de todo tipo, periódicos, revistas, hueveras de cartón, folletos, bolsas de basura llenas de plásticos aplastados, otras arrugadas… Todo estaba amontonado sin orden ni concierto.

Cerró los ojos.

Deseó volver a tener el mismo sueño.

Recordó la deliciosa batata asada.

Se preguntó cuándo fue la última vez que había comido en condiciones. No se acordaba.

Ojalá jugase conmigo otra vez…

Abrió los ojos sobresaltada en medio del hedor de la podredumbre.

«No te preocupes».

Creyó poder recordar lo que le había dicho aquel hombre.

«No te preocupes, que sé cómo hacer fuego».

¿Qué más?

«No tengo mechero, pero no te preocupes, que sé cómo hacer fuego».

Oía su voz cada vez con más nitidez.

«Y si ni siquiera tuvieses una lente, puedes hacerlo incluso con una bolsa de plástico con agua».

Se podía hacer fuego.

Sin mechero, sin lente.

Con una bolsa de plástico llena de agua.

Incorporó el torso y chilló de dolor. Alargó los brazos desesperadamente, pero las cadenas que la ataban por los tobillos eran demasiado cortas y sus manos no alcanzaron lo que quería coger. Asió un palo que estaba a su alcance y con él acercó, como arañándola poco a poco, aquella bolsa de plástico hasta que la tuvo al alcance de la mano. El dolor en los hombros y la cabeza eran terribles y tuvo ganas de vomitar.

La bolsa de plástico transparente estaba llena de agua de lluvia.

Ahora necesitaba la luz del sol.

Y, después, concentrarla en un punto.

En una cosa de color oscuro. En una hoja negra o en algo parecido.

Encontró un fragmento seco y negro en la página de una revista.

Tenía que enfocar la luz en ese fragmento.

Lo hizo, y rápidamente comenzó a levantarse humo.

Tuvo la sensación de poder recordar algo más y cerró los ojos.

Se concentró con todas sus fuerzas en invocar las palabras del hombre con quien había soñado.

«Hebras y polvillo de algodón».

Por desgracia, su ropa estaba completamente mojada. Pero en la caseta del perro había una sábana bajera. Rascó con las uñas los pliegues de la sábana para reunir hebras y pelusa del tejido.

El humo era cada vez más grueso y denso. Finalmente, vio flamear la primera llama.

—Ahí está.

La rodeó con las manos para protegerla. Agregó más hebras secas y atizó el fuego. La llama creció con fuerza y a los pocos segundos prendió en una parte de la pared seca. Al poco, se elevó por ella como si la lamiera hacia el techo. Las pavesas se esparcían haciendo chip, chip.

«Arde. Arde sin descanso. Devóralo todo».

El humo la hizo toser.

Se tapó la boca con la manta mojada.

Giró la cabeza y contempló las llamas embelesada. «Por fin se acaba todo —pensó Mitsuru, y volvió a tumbarse—. Mi padrastro y mi madre se habrán tomado esa extraña medicina y estarán profundamente dormidos. Dormirán hasta bien entrada la tarde».

La llama era ahora inmensa y la pared ardía entera.

«Tengo calor. Aunque ya me da igual todo. Pero... ¿qué me dijo al final el hombre del sueño? Me dijo algo... pero ¿el qué?», pensó contrayendo el rostro a causa del calor.

La había mirado directamente a los ojos para decirle que no se preocupara. Se lo había dicho con una sonrisa.

Y también:

«Grita».

«Vamos, Mitsuru, más alto.

Adelante, hazlo, ahora. Grita conmigo. Como lo hicimos en el mirador.

Coge aire, llévalo al estómago, rodea la boca con las manos abiertas».

«¡Vamos! ¡Tú puedes!».

—¡Ah!

«¡Más alto!»

«Como aquel grito que hizo eco. Abre la boca todo lo que puedas. ¡Ánimo, Mitsuru!».

—¡Aaah!

—Mirad, esa casa está ardiendo —oyó que decía alguien—. Hay que llamar a los bomberos inmediatamente. ¿Es una casa abandonada? Yo diría que sí, que ahí no vive nadie. Lo que sea, es igual; voy a sacar fotos y a hacer un vídeo. Quizá me los compre algún programa de televisión.

Mitsuru se incorporó. El dolor era casi insoportable. Estuvo varias veces a punto de desplomarse porque sus rodillas apenas aguantaban su peso. Apoyó la mano en un montón de trastos para no caerse. Cargó su peso en el brazo de apoyo y estiró lentamente las rodillas.

Aunque se sintió mareada porque llevaba mucho tiempo sin comer, aguantó de pie.

Estiró las piernas, irguió la espalda y levantó la cabeza.

Y con las llamas a su espalda, Mitsuru volvió a gritar con todas sus fuerzas.

—¡Eh, fijaos, hay una niña ahí!

Los curiosos que se habían parado a contemplar el incendio vieron a Mitsuru y quisieron llegar hasta ella, pero la terraza estaba en una primera planta sin escaleras de acceso por la calle y no encontraron la manera de acercarse. «¡Aguanta, pequeña, que enseguida llegan los bomberos!», «¡Baja la cabeza, tápate la boca con algo y no tragues humo!», le decían.

Los bomberos no tardaron en llegar.

—¿Te encuentras bien, chica? —le preguntó el bombero que la cogió en brazos.

A Mitsuru se le cayó la tela con la que tenía tapada la boca. El bombero ahogó un grito de espanto cuando vio su cara hinchada, las magulladuras por todo el cuerpo y los grilletes y las cadenas que la tenían atada por los tobillos a la caseta del perro.

Las ataduras llevaban candados y no se podían soltar sin llave.

—Vamos a quitarte esto inmediatamente. Las vamos a cortar, así que tú tranquila.

Tras liberarla de las cadenas, el bombero bajó por las escaleras cargando en brazos el cuerpo cubierto de hematomas de Mitsuru. Le acarició cariñosamente la cabeza varias veces con lágrimas en los ojos.

«Ojalá el fuego acabara con todo», deseó Mitsuru.

—¿Sabes si hay alguien más en la casa?

Se acordó de su madre.

«No, que arda; que el fuego lo reduzca todo a cenizas: la casa entera, con mi padrastro y mi madre dentro. Ella nunca me ayudó. Nunca quiso ahorrarme el sufrimiento. Que todo sea pasto de las llamas».

Mitsuru intuía vagamente que, si le respondía que no, el rescate de su madre se retrasaría y... Pero lo que dijo fue:

—Mi madre... está dentro.

Aunque el reloj de pared del estudio de fotografía no tenía péndulo ni agujas, a Yama, el repartidor, le pareció mejor que los tuviera. «Es más estético».

Mientras Hirasaka preparaba el té, Yama estuvo contemplando distraídamente su fotografía enmarcada, una imagen en blanco y negro en la que este aparecía sonriendo en algún monte.

El único testimonio de su vida pasada.

Todo lo que hizo Hirasaka fue enseñarle algunos juegos a una niña. No hizo nada que estuviera prohibido. «Muy inteligente», pensó Yama. Había actuado en el filo de la navaja, pero la jugada le había salido bien.

Sea como fuere, lo había conseguido.

Al parecer, la foto de Hirasaka había sido tomada en un parque mientras comía una batata asada. Alterar el destino de una persona era la línea roja que no se debía traspasar bajo ningún concepto. A cambio, Hirasaka fue castigado con la destrucción de todas las fotografías de su vida —de sus recuerdos—. Poco más podía tener un guía aparte de sus recuerdos.

Hirasaka lo llamó desde la otra habitación. Su voz era siempre cálida y delicada.

—El té está listo, Yama.

Cuando las fotografías de la vida de Hirasaka iban a quemarse, Yama guardó a escondidas aquella foto que había encontrado en el cuarto oscuro.

Lo cierto era que la de Hirasaka había sido una vida de lo más anodina. Fue introvertido y tuvo pocos amigos. Soltero, sin pareja y sin aficiones. Algo así como un figurante para rellenar el fondo en un juego de superhéroes, alguien a quien nadie presta la más mínima atención. No hizo nada meritorio ni digno de reconocimiento. En definitiva, una vida roma, sosa, aburrida. La ausencia de logros destacables y merecedores de reconocimiento era algo que él mismo sospechaba cuando imaginaba su vida.

«Pero yo lo recordaré siempre —pensó Yama—. Porque para mí, es el héroe que salvó la vida de una niña de su fatal destino».

Hirasaka asomó por la puerta.

—¿Qué pasa, Yama?

—No, nada. Vamos a ver cómo está ese té. Sueles hacerlos muy bien.

¿Dónde volverá a florecer la vida de la niña que tomó la foto de Hirasaka? ¿Qué imágenes deparará su vida?

Ojalá esté repleta de experiencias fantásticas y que, llegado el momento de tener que seleccionar una por cada año de su vida, le resulte imposible hacerlo por haber tenido un sinfín de vivencias maravillosas.

Y que ese día en que se vuelvan a encontrar sea en un futuro muy muy lejano.

La hojarasca que cubría los escalones de piedra estaba un poco húmeda y desprendía el característico olor a bosque. Era en marzo cuando Mitsuru más disfrutaba de la montaña, pues todavía conservaba el frío del invierno.

Inició el ascenso. ¿Por qué sentía que la cabeza se le despejaba a cada paso que daba hacia la cumbre? ¿Quizá porque también se acercaba al cielo azul?

Habían pasado dieciséis años de aquel incendio.

Ahora era más alta, más sana, y había echado el suficiente cuerpo como para empezar a preocuparse del contorno de su cintura.

Aquello había sucedido un 16 de marzo, dieciséis años atrás. En ese momento, seguía pensando en si hizo lo correcto diciendo «Mi madre está dentro» en aquellos instantes críticos. Pero, al mismo tiempo, sabía que si no lo hubiese hecho, ahora estaría atormentada por ello. Ninguna de las dos decisiones le hubiera ahorrado el remordimiento de conciencia. Se preguntó si Dios no sería en realidad un ser malvado y mezquino.

Las causas del incendio no pudieron determinarse con exactitud, pero Mitsuru sobrevivió gracias a una sucesión de casualidades y el accidente terminó sacando a la luz el sistemático maltrato del que había sido objeto. A ella no le hicieron demasiadas preguntas durante las pesquisas sobre el origen de las llamas. A los peritos y a la policía les dijo que cuando quiso darse cuenta, tenía el fuego azotándole la cara. Y ahí quedó la cosa para ella.

No era solo que su madre biológica y su padrastro la machacaran constantemente a puñetazos y patadas, sino que le habían rapado la cabeza, le habían puesto grilletes en los tobillos y la habían atado con cadenas a la caseta del perro colocada en la terraza al aire libre, dejándola habitualmente allí fuera, sometida a los rigores de la intemperie incluso en pleno invierno. Los medios informaron de que Mitsuru, que había estado a punto de morir por culpa de la horrible agresión sufrida la noche anterior, salvó la vida gracias a un incendio que se produjo milagrosamente tras una noche lluviosa y que, además, lo había hecho en el último momento antes de que la ferocidad de las llamas impidiera a los bomberos rescatarla. Más tarde, supo que la impactante noticia había copado los informativos durante varios días en aquel entonces. Los medios publicaron también grandes imágenes de la malhadada terraza. El miserable estado de la caseta del perro conmovió tanto como indignó a mucha gente. Le contaron que hubo entrevistados a pie de calle en algún programa de televisión en directo que expresaron su ira ante tamaña crueldad con lágrimas en los ojos.

Tras el incidente, su padrastro y su madre fueron condenados a penas de prisión y a ella —Mitsuru Yamada— la enviaron a un orfanato en una ciudad de provincias para comenzar allí una nueva vida, largas e intensas sesiones con el psicólogo mediante.

No volvió a reunirse con su madre desde aquella noche en que la había visto al otro lado de la ventana.

Para evitar posibles inconvenientes futuros —sociales, laborales o el acoso de los medios— por cierta notoriedad pública que adquirió su caso y su persona, decidió cambiarse el nombre a «Michi». Después de dieciséis años llamándose así, ya se había más que habituado a él, pero seguía teniendo siempre presente que su verdadero nombre era Mitsuru.

Mitsuru.

El sueño de aquel buen hombre que la llamaba con su suave y cálida voz y jugaba con ella se había ido difuminando con el tiempo y apenas guardaba impresiones puntuales y, en todo caso, vagas.

Mitsuru siempre tuvo claro lo que quería ser de mayor. Aunque a veces dudaba si alguien con su pasado sería adecuado para esa profesión a la que aspiraba, también pensaba que quizá precisamente por eso estaba mejor cualificada para ejercerla.

Mitsuru quería ser profesora de educación infantil. Para eso se graduó en magisterio por dicha rama y comenzó ese mismo año a trabajar en una escuela con una larga historia de setenta años.

Aún era una novata y no eran pocas las veces en las que las ganas —el exceso de ímpetu— por hacerlo bien la llevaban a cometer graves errores o se angustiaba innecesariamente por los problemas de comunicación con algún niño. Pero en esos momentos de agobio, como siempre le había sucedido y le seguía ocurriendo, le entraban unas ganas irrefrenables de subir a alguna montaña. Sola, con la mochila a cuestas y con su cámara colgada de una cinta cruzada al pecho.

Cuando llegó a Tokio para cursar la carrera universitaria, tenía muy poco dinero y acudía a las tiendas de segunda mano para comprar los muebles y otros artículos que necesitaba para el día a día. La cámara que usaba la encontró de casualidad en uno de esos establecimientos. No había ido buscando ninguna el día que la vio, pero le llamó la atención y se la compró. Era una cámara analógica, de esas a las que hay que colocarles el carrete y que ya apenas se ven: una Nikon F3 con un objetivo delgado llamado GN Nikkor. Le gustó esa combinación de máquina y visor, y con ella solía sacar fotos a cualquier cosa que captase su atención durante el ascenso. Tenía especial predilección por las cosas pequeñas y graciosas, como tocones o frutos rojos pendiendo solitarios de la rama de algún árbol.

En los últimos tiempos, su pasión por la fotografía había llegado a tal punto que alquilaba cuartos oscuros para revelar sus fotos. En los momentos en que permanecía absorta en la tarea de revelado bajo el oscuro manto de la luz roja, sentía cómo se serenaba poco a poco, como si sus preocupaciones y angustias se fueran precipitando al fondo de su mente, dejándola templada y en calma.

Se rehízo la coleta y siguió subiendo con pasos firmes y seguros.

Vio una especie de pelota verde adherida a una rama desnuda de hojas. Le sacó una foto. Era muérdago.

Siguió con la mirada el vuelo de tres aves en formación por el cielo despejado.

El canto afilado de algún pájaro atravesó el aire límpido. Se detuvo y aguzó el oído para seguir su eco. Se fijó alrededor y vio cerezos de montaña que florecían discretamente. Tomó otra foto con el cielo azul de fondo y tratando de realzar la luz tenue de las flores.

El suelo estaba mullido a causa de las hojas caídas. Encontró en el borde del camino una seta rara y la contempló de cerca. Asiento de mono, la llamaban. «Podría serlo para un mono que fuera realmente diminuto», pensó.

En la cima había una roca plana como un banco corrido desde la que se podía contemplar todo el paisaje en derredor libre de obstáculos. A Mitsuru le gustaba tomar té sentada en ella.

Pero hoy no estaba sola en la cumbre. Había un chico que parecía de los últimos cursos de secundaria o de los primeros de bachillerato.

Cuando Mitsuru se colocó en la roca, el chico la saludó gesticulando brevemente como solían los chavales de su edad y se volvió a acomodar en el otro extremo de la piedra. El sol la había calentado y daba gusto reposar en ella.

Permanecieron callados unos instantes, sentados uno a cada lado. A Mitsuru le resultó divertida aquella especie de extraña tensión.

—Hola —le dijo Mitsuru rompiendo el hielo.

El chico respondió, pero con voz apenas audible:

—... la.

Mientras hablaban, Mitsuru supo que era un estudiante de tercero de secundaria y que vivía cerca. Había aprobado el examen de ingreso en el instituto al que quería ir y en primavera comenzaría su nueva andadura académica.

Mitsuru hurgó en la mochila y sacó una bolsa de papel.

—¿Quieres la mitad de esta batata asada? —le preguntó.

Y el chico, después de dudar unos instantes respondió riendo:

—Vale, sí, muchas gracias.

La partió en dos y comieron juntos.

A Mitsuru le pareció que la estampa del chico sentado en la roca y comiendo la batata asada tenía un encanto especial, así que le dijo:

—Mira, es que soy aficionada a la fotografía y me gustaría sacarte una foto tal como estás ahora, ¿te importa? —le preguntó señalando la cámara.

—Pero… yo no… —titubeó—. Es que… sigo teniendo mucho acné —dijo sin saber muy bien qué cara poner.

—No te preocupes. Basta con que sigas ahí sentado comiéndote la batata como lo estabas haciendo. Ni siquiera vas a enterarte de que te hago la foto.

—Bueno, vale —accedió desviando la mirada de la cámara.

Mitsuru sonrió y encuadró en el visor la imagen del chico. «Llamaré a la foto *Un chico comiendo batata en la cima*», se dijo.

Se quedó como abstraída y quieta unos instantes mientras lo observaba a través del visor.

—¿Ya… está?

La pregunta despertó a Mitsuru de su momentáneo ensimismamiento y vio que el muchacho ya se había terminado la batata.

De pronto notó que algo se agitaba en su interior, como un mar de fondo de emociones indefinidas. ¿Qué era lo que la hacía sentirse así?

Parecía una especie de cálida nostalgia por algo que no podía recordar.

—¿Sueles venir siempre solo? —le preguntó.

—De vez en cuando —respondió el chico.

—¿Vienes cuando te pasa algo y quieres estar solo?

Él asintió sonriendo algo azorado.

—Yo también hago lo mismo —le dijo.

Mitsuru entornó los ojos sintiendo en las pestañas un vientecillo suave. El bosque parecía murmurar.

Bebió té de la cantimplora. Tras el vaho se divisaba la cordillera. El chico también parecía estar disfrutando del paisaje que se extendía a sus pies y daba sorbitos al té que traía en su termo.

—Son preciosas estas vistas, ¿verdad?

—Sí.

—Si gritas, hace eco, ¿lo sabías? A mí me tranquiliza a veces gritar. ¡Aaah!

El muchacho volvió a asentir.

«Cuando te sientas abrumada por la tristeza y la angustia. Grita». Eso me enseñó aquel hombre. A tener esperanza. Nunca te rindas. Vuelve a levantarte tantas veces como sea necesario. Rebélate contra las injusticias de este mundo. Grita, Mitsuru».

Se levantó y rodeó la boca con las manos. Contempló el verdor que se extendía a sus pies y se llenó los pulmones de aire.